Maria da Glória Cardia de Castro

Na contramão da vida

Ilustrações: Joubert José Lancha

1ª edição
2012

© 2012 texto Maria da Glória Cardia de Castro
ilustrações Joubert José Lancha

© Direitos de publicação
CORTEZ EDITORA
Rua Monte Alegre, 1074 – Perdizes
05014-000 – São Paulo – SP
Tel.: (11) 3864-0111 Fax: (11) 3864-4290
cortez@cortezeditora.com.br
www.cortezeditora.com.br

Direção
José Xavier Cortez

Editor
Amir Piedade

Preparação
Alessandra Biral

Revisão
Alessandra Biral
Jaqueline de Lira
Rodrigo da Silva Lima

Edição de Arte
Mauricio Rindeika Seolin

Dados Internacionais de Catalogação na Publicação (CIP)
(Câmara Brasileira do Livro, SP, Brasil)

Castro, Maria da Glória Cardia de
Na contramão da vida; Maria da Glória Cardia de Castro;
ilustrações Joubert José Lancha. — 1. ed. — São Paulo:
Cortez, 2012. (Coleção Astrolábio)

ISBN 978-85-249-1864-3

1. Literatura infantojuvenil I. Lancha, Joubert José. II.
Título. III. Série.

12-00687   CDD-028.5

Índices para catálogo sistemático:
1. Literatura infantojuvenil   028.5
2. Literatura juvenil   028.5

Impresso no Brasil — janeiro de 2012

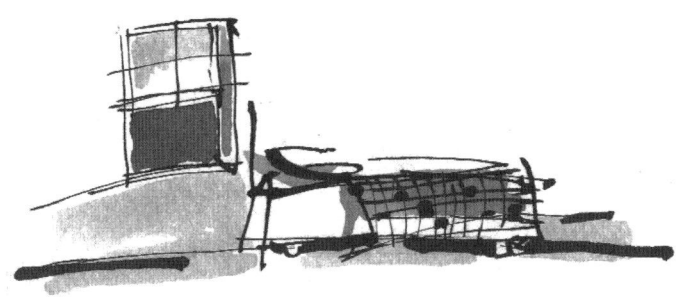

Todos os capítulos deste livro são abertos
com citações extraídas das obras
A maçã no escuro
e *A paixão segundo G.H.*,
de Clarice Lispector.

Na contramão da vida

O valor de um livro pode ser medido por sua capacidade de promover o aprendizado e, desse aprendizado, gerar crescimento pessoal.

De acordo com essa premissa, *Na contramão da vida* pode ser considerada uma obra de grande valor, uma vez que Maria da Glória Cardia de Castro atinge seu objetivo de mobilizar os jovens leitores a repensarem seu projeto de vida, seus valores e prioridades, narrando uma história dolorosa com fluidez e agilidade.

A autora tem o talento de tornar instigantes os momentos mais pesados da narrativa e, assim, manter o interesse do jovem leitor ao despertar a empatia e a identificação com a personagem principal – Lia –, cujas desventuras e peripécias acompanhamos comovidos e atentos.

Algumas passagens são particularmente penosas e nos damos conta disso à medida que nos identificamos com as ilusões de Lia e também lamentamos quando elas vão sendo gradualmente desfeitas.

O jovem leitor cresce e enriquece com a personagem ao compartilhar seus erros e as consequências destes na vida de Lia. Assim, as transformações da protagonista em direção a uma atitude mais madura e sadia revelam não apenas o aprendizado por meio do experimentar, do ousar e do errar, como também a grandeza da capacidade humana de se reconstruir após cada derrota.

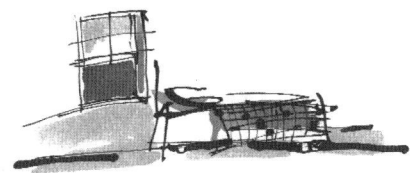

I

> *Não só a realidade, mas também a memória pertence a Deus.*

Despertei com o sentimento incômodo de quem aprisiona no peito a própria história. Por horas seguidas tentei libertar-me do mal-estar. Se bastasse abrir a boca para liberar os gritos sufocados no meu lugar mais secreto, assim como Pandora, que, ao abrir a arca proibida, deixou escaparem dela todos os males...

Falando assim, se um dia alguém ler estes manuscritos, talvez me imagine uma mulher derrotada pelo destino ou pelos erros cometidos. Não é nada disso. Sou uma mulher de apenas vinte e três anos que, ao atravessar o inferno, caiu em muitas armadilhas.

Decidi escrever a minha história. Para mim mesma. Como para exorcizar o meu passado. Depois, nunca mais precisarei me lembrar ou falar dele. A quem interessar conhecê-lo, se valer a pena, darei este caderno para ler. Desde que prometa que ao terminar a leitura e reencontrar meu rosto irá pensar: "Esta história só pode ser de outra pessoa. Nada tem a ver com esta Lia".

Agora, enquanto escrevo, meu filho dorme tranquilo. Mateus, oito anos. Eu tinha quinze quando ele nasceu.

Aquele bebê que então crescia no meu ventre nada tinha a ver com os meus sonhos e pesadelos de adolescente. Eu queria ser livre, até para me destruir! Não o queria, mas como me livrar dele?! Como era insuportável aquele intruso que se instalara no meu corpo sem o meu consentimento, deformando-me mais e mais a cada dia. E o que ele encontraria aqui fora, ao nascer? O que esperava de mim?

Olhando assim o meu Mateus, neste momento, movendo os olhos sob as pálpebras quase transparentes, tão querido, tão amado, vivendo os seus sonhos enquanto dorme, quem me dera poder trancar para sempre nestas páginas o terror dos meses em que o carreguei dentro de mim. Dormia aqui e ali, às vezes nos bancos dos jardins ou sob as pontes, a fome dele misturada à minha fome, e os sonhos com as mesas fartas, os pratos fumegantes. Eu sempre despertava com a boca aberta porque alguém, no sonho, me estendia um garfo cheio de comida.

Preciso organizar as minhas lembranças, de maneira tal que eu mesma, ao reler a minha história, tenha a impressão de se tratar de memórias de outra pessoa. Só eu posso enfiar as mãos no fundo de minhas próprias feridas, pois só eu sei até onde posso suportar a dor. Vou limpá-las, quase como se estas páginas se escrevessem por si mesmas, sem eu precisar interferir.

Transformada em palavras, a dor é infinitamente menor, como as notícias dos jornais sobre a fome, a perda ou o abandono dos outros, ou mesmo o estupro de uma criança que não é nossa, ou de outra mulher que não nós próprias.

2

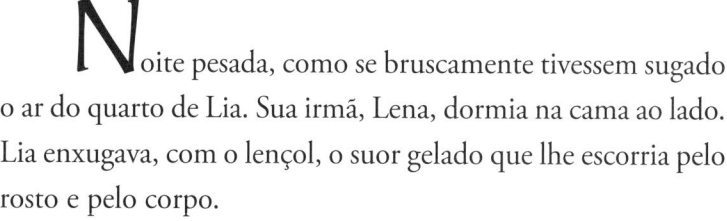

As casas e as pessoas estavam apenas pousadas sobre a terra, e tão pouco definitivas como a tenda de um circo.

Noite pesada, como se bruscamente tivessem sugado o ar do quarto de Lia. Sua irmã, Lena, dormia na cama ao lado. Lia enxugava, com o lençol, o suor gelado que lhe escorria pelo rosto e pelo corpo.

– Ar, meu Deus, ar! – murmurava, revolvendo as cobertas em desespero.

Um súbito sufoco e se agarrou ao lençol, arrancando-o do colchão. Saltou ainda trêmula da cama e, ofegante, abriu a porta com cuidado. O fundamental era não despertar a irmã.

Já na cozinha, buscava com avidez qualquer bebida que lhe trouxesse alívio. Nada. Na porta da geladeira, apenas a garrafa quase vazia de vinho tinto, vagabundo, usado por sua mãe na culinária.

– Inferno! – murmurou, furiosa. – Um dedo de vinho não serve pra nada! – e entornou com sofreguidão o único gole que a garrafa lhe oferecia, recolocando-a vazia no lugar de onde a tirara.

O gole do vinho, se não lhe restabeleceu o equilíbrio, pelo menos a acalmou. Voltava a respirar, com alguma dificuldade, o tremor pouco a pouco diminuindo e as gotículas de suor formando-se agora apenas acima dos lábios, ainda ressequidos pelo desejo de beber mais.

Melhor seria esperar amanhecer. Não voltaria ao quarto. Na sala, recostou a cabeça sobre um braço do sofá, colocando as pernas sobre o outro braço.

Tensa pela longa noite de aflição, acabou se encolhendo para caber no pequeno espaço, as mãos presas entre os joelhos. Foi assim que sua mãe a encontrou pela manhã.

– Lia! Lia! – sacudiu-a.

Ela não se movia.

– LIAAA! – gritou a mãe, assustada.

Foi Lena quem a ouviu, correndo até a sala.

– O que aconteceu, mãe? O que a Lia tá fazendo aí?

– Não sei! Ela nem se move, veja! LIAAA! – tornou a gritar.

– Hummm... – murmurou Lia, ainda sem forças para voltar do sono profundo.

– Acorde, menina! – gritou Lena, sacudindo-a com força. Lia sentia um grande torpor em todo o corpo. Não saberia dizer em que sonhos obscuros se perdera naquela hora de sono. Ouvia chamarem-na ao longe, sem forças para escapar do emaranhado de espinhos que a envolvia no pesadelo.

Abrir os olhos exigiu dela esforço sobre-humano.

– O que está fazendo aqui na sala?! – quis saber sua mãe, ainda assustada.

– Ah... nada! Me deixe em paz! – conseguiu responder, voltando a fechar os olhos.

Lena ergueu os braços cheia de raiva:

– Você não devia nem chamá-la! Ela não tem jeito mesmo! Olha como tá branca, mãe... Sou capaz de apostar que andou bebendo e se drogando a noite inteira. Quando chegou, eu já tava dormindo! – e voltou ao seu quarto pisando duro, balançando o assoalho do piso velho e oco.

Anita, a mãe, sabia que sua filha mais velha tinha razão. Lia continuava de olhos fechados, como se o discurso da irmã não lhe dissesse respeito. Olhando assim sua caçula imóvel, toda encolhida em posição fetal, pálida, abatida, desejou pegá-la no colo, como a um bebê.

Em vez disso, liberou a lágrima incômoda. Depois, a raiva de si mesma por não tomar atitude enérgica e definitiva enquanto a filha, de quinze anos de idade apenas, e sobre quem perdera o controle, ali, meio prostrada, destruía a própria vida... a dela e a de Lena, esta tão diferente da irmã.

– Vai faltar de novo ao trabalho, Lia?

Lia custou a responder. Na verdade, ela queria mesmo era conseguir se levantar e sair correndo pelas ruas. Correndo, correndo, até onde suas pernas aguentassem, até cair exausta, implodida, longe de si mesma, longe de tudo. Ou então apenas abrir os olhos e conseguir pedir socorro.

– Vou mais tarde. Só mais tarde – respondeu enfim, sempre de olhos fechados.

– Vai perder seu emprego... Eles não vão ter paciência de aturá-la – disse sua mãe, desolada.

– Arranjo outro.

– Com esse desemprego todo?! Menor de idade?! Nem pense que algum outro emprego te espera!

Anita foi saindo da sala, vencida, pois sabia que a filha não conseguiria se levantar de imediato. Parou à porta e olhou para o rosto sem cor de Lia, um súbito terror queimando-lhe o peito, e o ímpeto de voltar, arrancá-la do sofá, esbofeteá-la, travar-lhe as pernas para que voltasse depois a caminhar inteira. "Não posso perder minha filha, meu Deus!" E teria de buscar forças onde as tivesse, antes que fosse tarde demais. Como recuperar as rédeas e brecar Lia naquela degringolada rápida e cega? "Quinze anos! É só uma criança rebelde, confusa!" Conselhos? Nem pensar! Palavras? Inúteis! Uma atitude imediata, dura, terrível, cravando nela própria a dor maior, ou perderia a guerra. "É urgente! Tem de ser agora!"

Lena saiu pela porta dos fundos para não cruzar novamente com Lia. Cinco anos mais velha, compartilhava da raiva que explodia às vezes em sua mãe, sem conseguir compartilhar dos momentos em que a mãe vacilava, penalizada, impotente, diante da agressividade e do descontrole de Lia. Não compreendia como a irmã entrara naquela estrada torta desde o falecimento de seu pai, havia pouco mais de um ano. Por ela, já a teria jogado na rua!

Enquanto o marido vivera, Anita não precisara usar de muita energia com as filhas. Ambas o temiam muito. Por vezes violento, um simples olhar e as duas meninas logo encontravam o caminho a seguir. Lia, sobretudo, em quem ele dera uma surra "exemplar", chegava a detestá-lo por temê-lo tanto. Jamais, em sua presença, teria perdido o rumo.

Aquela situação fora confortável para Anita que, por seu lado, tinha as filhas muito próximas de si, fazendo vez por outra algumas concessões que não lhe pareciam perigosas, na tentativa de aliviar um pouco o rigor do marido. Era a mãezona a pôr panos quentes quando sabia que o corretivo a ser aplicado pelo pai seria por demais severo.

Agora, a difícil sobrevivência. Ela fazendo salgadinhos para fora, e Lena havia alguns meses trabalhando em informática. Mal conseguiam sustentar a casa. Com Lia não contavam. Balconista em uma pequena loja, seu salário insignificante escoava-se em poucas noites entre bebidas, cigarros e maconha. Antes, só nos fins de semana. Agora, em qualquer noite e a qualquer hora. Anita sabia. Todos sabiam.

Como e onde tudo começara, Anita não saberia explicar. Aos poucos, Lia foi se deixando enredar, até abandonar os estudos. O emprego, que ela própria conseguira para a filha havia alguns meses, devia estar por um fio. Interná-la? Onde? Com que meios? Esperar que Lia chegasse ao último degrau? Talvez, para salvá-la, ela mesma fosse obrigada a empurrá-la. E era o que faria. Dar um basta ou perder aquela filha?!

Anita chegava, assim, ao limite de sua resistência. Seria agora, hoje, ou nunca mais. Tudo ou nada. Salvar ou perder. Só não podia mais esperar que as coisas se resolvessem por si, como em um passe de mágica.

No instante em que tomava a decisão, Lia entrou na cozinha arrastando os chinelos, despenteada e, como sempre, muito pálida. Sem olhar para ela, Anita estendeu-lhe o leite e o café, enquanto buscava a força de que precisava. E num lampejo apenas, como quem agarra a última tábua em alto-mar, sem pensar no que dizia, avisou:

— Você vai me devolver as chaves de casa agora, antes de sair!

Lia engasgou-se com o leite e, arregalando os olhos, perguntou:

— Ficou louca, mãe?! — aquela exigência caía como um jato gelado sobre ela, atenuando-lhe os efeitos da ressaca.

— Não, minha filha, fiquei lúcida! A partir de hoje você baterá à porta para entrar – continuou, firme.

— Você só pode ter enlouquecido! – respondeu Lia, ainda mais surpresa.

Anita respirou e concluiu:

— E digo mais! Se chegar cheirando a bebida ou com jeito de quem usou alguma droga, eu não abro a porta!

Lia quis dizer alguma coisa, mas ela continuou:

— Você dormirá fora. Na rua. Ou onde quiser!

Atônita, confusa, Lia julgava impossível que sua mãe, sempre tolerante e permissiva, subitamente falasse com ela naquele tom e lhe fizesse tais exigências! Alguma coisa deveria estar muito errada... e não era ela, com certeza.

— Você não tá falando sério, né, mãe?! O que deu em você, afinal?

Era difícil compreender que aquela era a mesma mãe que a despertara uma hora antes. De repente, puxava-lhe o tapete sem que ela tivesse tempo de buscar onde se apoiar! Aquilo tudo seria sério? Como a mãe hoje podia ser tão diferente daquela que havia sido até ontem?

— Não estou brincando, Lia. Aqui é a sua casa e sempre será. Mas você vai respeitar as regras pra viver dentro dela. Pra conviver com a dignidade da sua mãe e da sua irmã!

Só Anita sabia o quanto lhe custava falar assim com sua criança, sempre mimada por ela e cheia de vontades. Agora, diante de suas ameaças, Lia parecia-lhe ainda mais fragilizada, mais pálida, mais sofrida. Mas não havia tempo para esperar mudança espontânea. E conversar amigavelmente com aquela filha tornara-se impossível havia tempo.

— A primeira coisa que tem a fazer é ir até o seu trabalho e dizer a seu Carlos que nunca mais se atrasará. Ele só aguentou você lá até agora em consideração a mim! Ou, se preferir, diga-lhe que não quer mais trabalhar. Porque quem faz com a vida o que você está fazendo com a sua deve ter como se segurar – continuou.

A essa altura, Lia levantou-se furiosa e, como animal acuado, atirou com força a xícara de café no chão, espirrando cacos e café por toda parte.

Anita estremeceu. Mas sentiu que não deveria perder o controle da situação naquele momento, embora sua vontade fosse esbofetear a filha e depois aninhá-la em seu colo, pedir-lhe desculpas e chorar com ela. No entanto, a situação era demasiado delicada e a menor hesitação, ela sabia, poria tudo a perder.

— Você não vai me intimidar, Lia – disse com aparente tranquilidade, mas controlando-se ao máximo, sem olhar para a xícara espatifada no chão.

— Não se faz isso com uma filha! – gritou Lia.

— Não se faz o que você está fazendo com uma mãe! – gritou Anita, ainda mais alto.

Decididamente, Lia não conhecia aquela mãe. Reação tardia... e já era impossível para Anita recuar. A partir de agora, teriam de medir forças até a vencedora erguer o braço. Isso se, numa luta daquela natureza e daquele porte, fosse permitido haver vencido e vencedor.

3

Quando um homem cai sozinho num campo, não sabe a quem dar a sua queda.

Atordoada com aquela conversa, Lia correu para o quarto. "Droga, não! Maconha! E maconha não é droga da pesada... vai ver que prejudica até menos do que o cigarro!" Com a bebida exagerara "algumas vezes", mas não era viciada. Se quisesse, não beberia mais, pensava.

"Qual é?", dizia-se, perplexa. "O que deu na minha mãe? Nunca me encheu assim! O que eu tô fazendo de mais? Por causa de uns chopinhos, de uns conhaquinhos! Não incomodo ninguém! Nem topei o monte de transas que sempre me propuseram, ainda sou virgem! Minha mãe tá doida! A Lena é que enche a cabeça dela, aquela careta, parece um general quando eu chego, passando em revista a tropa!"

Dentro dela, uma certeza: jamais sua mãe a deixaria na rua. Ou deixaria? "Não acredito! E não vou devolver nenhuma chave. Ah, daqui a pouco ela já esqueceu. Também não vou falar com o seu Carlos hoje. Que se dane! A loja tá mesmo sem movimento, um saco! Ficar lá sentada o dia inteiro pra atender três gatos-pingados... enquanto a minha turma se diverte. Amanhã digo que estava doente e pronto!"

Um rápido tremor sacudiu seu corpo. De repente, o medo, sem saber de quê. Uma angústia apertando-lhe a garganta, a vontade de gritar, de mandar tudo e todos para o inferno! Sentou-se à beira da cama, até acalmar o súbito mal-estar.

Anita também foi para o seu quarto, não sem antes, à porta do quarto de Lia, mandá-la recolher os cacos que espalhara pela cozinha e deixar as chaves sobre a mesa, antes de sair.

E ela também, ali, tremia de nervoso e de medo. "Será que estou certa?", mortificava-se. Que Lia já não tinha o menor domínio sobre si mesma não havia dúvida. "E quando já perdemos o autocontrole é preciso que alguém nos ampare", pensava. Mas como seria "amparar" nesse caso? Não podia mais com a filha! Era como se só à força pudesse arrebentar a espessa bolha em que Lia se refugiava para não ouvi-la, ou à irmã. Nada do que elas dissessem a sensibilizaria.

Armara-se contra sua pequena família com uma casca tão grossa que nenhuma das duas a conseguiria atravessar. Não havia outra forma de chamá-la à realidade. Ainda que se sentisse culpada, que sua tolerância excessiva tivesse facilitado o caminho, agora iria até o fim. Se fosse preciso, deixaria Lia na rua. Mesmo que isso lhe fosse mortal, não recuaria. "Salvo minha filha ou morro com ela... de tristeza, de dor". Chorava.

Ouviu o chuveiro e depois percebeu que Lia lidava na cozinha. Com certeza limpava a sujeira que fizera. Decidiu ficar no quarto até que Lia saísse. Não queria que ela visse seus olhos vermelhos. Não queria que percebesse nela o menor sentimento de fraqueza.

A porta bateu e veio o silêncio. Absoluto. Incômodo. Nem um carro passava pela rua naquele momento longo, de profunda solidão. Nem o consolo do vento para balançar a árvore do pequeno quintal. O ar estava parado. Anita teve a impressão de que o mundo todo poderia ouvir as batidas de seu coração. Lia partia. Para onde? Mais tarde saberia.

Iria preparar o almoço. Logo mais, Lena viria almoçar. Pensava em não lhe dizer nada, por enquanto, sobre aquela manhã.

Parou petrificada à porta da cozinha. Lia não só não limpara a sujeira que fizera, como entornara sobre a mesa, sobre a pia, o fogão e o armário o resto do leite que sobrara na jarra quase cheia.

– Meu Deus! – foi o que Anita conseguiu murmurar, paralisada. – A Lia está enlouquecendo!

Custou a sair do lugar. Buscou sobre a mesa, no banheiro e no quarto das filhas as chaves que Lia levara. Atordoada, correu a limpar a sujeira antes que Lena chegasse. Não esconderia dela o episódio daquela manhã. Alguém precisava ajudá-la a pensar, e Lena, apesar da raiva que sentia, amava a irmã.

Lia andava pela rua como sonâmbula, sem saber ao certo que direção tomar. A única certeza que tinha era a de que não queria, naquele dia, voltar para casa. Procuraria Jorge. Claro! "Por que não pensei nisso antes?"

Jorge entrara havia pouco tempo no grupo. Inteligente, falava bem e dizia algumas coisas bastante consistentes, pelo menos no entender dela. Bonito! E morava sozinho. Desenhista, trabalhava de vez em quando como *free-lancer* para uma revista, recebendo também mesada do pai. Vinte e dois anos.

Lia sabia que era bonita, o que lhe dava certa autoconfiança. Já surpreendera Jorge, fascinado, olhando para ela mais de uma vez. Sentia-se também atraída por ele, talvez por ser o mais velho do grupo, mas ainda não decidira usar o corpo, que começava a comprometer com o álcool e as drogas. Tivera alguns envolvimentos com colegas da escola e outros rapazes, mas nunca chegara às vias de fato. Nunca passara de alguns amassos. Nem se apaixonara. Jorge a ajudaria, com certeza.

Mas era muito cedo ainda, àquela hora a turma toda dormia. Não tinha o endereço de Jorge.

Sentia-se cansada. Precisava se sentar em algum lugar. Atravessou a rua e entrou num bar. Sede, muita sede. E fome. Abriu a bolsa para ver quanto tinha. Aquele dinheiro só dava para comer umas besteiras. Pediu um copo d'água, uma cerveja e duas coxinhas.

O rapaz do bar a serviu. Lia era menor, mas parecia mais velha do que a irmã. Talvez pela maneira como se vestisse e se pintasse, talvez pelos maus-tratos consigo mesma havia mais de um ano.

Iria fazer hora na casa de Amarílis, uma espevitada do grupo, supercarente, que adoraria ser procurada por ela. Para lá seguiu e lá ficaria até a hora de se juntarem ao resto do pessoal no bar do Vicente.

Anita esperou Lena almoçar e, pisando em ovos, foi-lhe relatando o que ocorrera entre ela e Lia naquela manhã. Antes mesmo que terminasse o relato, Lena tinha os olhos cheios de lágrimas. Anita parou de contar e pediu-lhe:

– Eu preciso muito de você, minha filha. Eu sei que ainda é jovem demais para que eu divida o problema com você, mas...

– Ora, mãe! Então este problema também não é meu? Acha que não me preocupo com minha irmã?

– Eu sei. Mas não sei se estou certa... Me dói tanto!

Lena tomou a mão de sua mãe e a beijou.

– Agora você está certa, mãe. Devia ter feito isso há mais tempo, eu acho. Não é possível que a Lia continue andando por aí como um galo cego e encontrando aconchego em sua casa como se nada estivesse acontecendo.

Lena acalmou a mãe o quanto pôde, até a hora de voltar ao trabalho. Tivera sorte e conseguira emprego numa boa empresa, onde sabia ter futuro. Mas ela também precisava de tranquilidade para crescer. O quarto que dividia com a irmã muitas vezes cheirava a bebida, a cigarro e a maconha – o que a tirava do sério. E ver sua irmã rolando pela vida a mortificava. Não! Como estava não poderia continuar. Ficaria ao lado de sua mãe, decidisse ela o que decidisse.

Passou pelo chaveiro e o mandou à sua casa. Trocariam a fechadura da porta. A partir daquela noite, sua irmã só entraria se estivesse em condições, ainda que isso custasse muito à sua mãe e a ela própria.

Lia, alheia ao que se passava em sua casa, caminhava com Amarílis para encontrar a turma. Não comentara nada sobre o seu problema com a mãe. No grupo a que pertencia, ela era a mais jovem, embora aumentasse a sua idade em dois anos. Temia não ser aceita por eles se dissesse sua idade verdadeira. Outro tinha dezessete anos e os demais, entre dezoito e vinte e dois anos.

Impaciente, depois de ter tomado vários chopinhos e vodca, pois tinha crédito com o dono do bar e boa resistência, perguntou aos amigos se sabiam por que Jorge estava demorando tanto naquele dia.

– Humm! – fez Cauê. – Ele vai adorar saber que você sente falta dele.

– Não enche! Ele é legal, só isso. E eu preciso falar com ele hoje.

– Não vai ser hoje, viu, Lia? É aniversário do pai dele e ele não vem. Só amanhã, tá?

Mais um tapete que lhe puxavam sob os pés. O dia todo deixara crescer a ansiedade dentro dela, pensando que Jorge, como um príncipe encantado, a salvaria das bruxas que a perseguiam. Não voltar para casa à noite foi a desforra que havia programado para colocar mãe e irmã nos devidos lugares. A vida era dela, que a deixassem em paz! Mas parece que o desaforo teria de ser adiado.

Foi então que um deles propôs, já que seus pais haviam viajado, que fossem todos para sua casa ouvir música, dançar etc.

Compraram engradados de cerveja e alguns salgadinhos e foram esticar a noite até onde desse. Bebida e outras drogas rolaram à vontade. Quando as cervejas acabaram, atacaram as garrafas do bar da casa.

Lia já via duplicado e tudo começava a girar. Encostou-se num canto e lá ficou. Cauê, pouca coisa mais sóbrio, propôs levá-la para casa, e ela não estava em condições de recusar. Deixou-a lá, ela mal parando em pé. Tentou abrir a porta, mas achou que estava tonta demais para acertar o buraco da fechadura.

Foi até a janela do seu quarto, que dava para um estreito corredor lateral, e bateu para acordar Lena. Pressentia que seus problemas ainda não haviam terminado naquela noite.

Lena, adivinhando o estado da irmã, respondeu-lhe do quarto, sem abrir a janela, que não abriria a porta.

– E cala a boca aí fora, que se acordar a mãe vai se ver comigo! – acrescentou.

– Eu tenho a chave, sua boba – respondeu Lia, com a voz bem pastosa.

– Não tem, não! A fechadura foi trocada!

Não havia, pois, mais nenhum tapete que pudessem lhe puxar naquele dia, pensou Lia, ainda um pouco capaz de raciocinar.

– Vocês não prestam!... Nem você nem a mãe!

Anita, que ainda não dormira até aquela hora, veio ao quarto de Lena e, chorando, pediu que ela abrisse a porta.

– Não, mãe! Não! Se nós fizermos isso hoje, nunca mais terá a menor autoridade sobre ela. Ela tem de temer alguém, alguma coisa, mãe!

– Mas eu não aguento, filha. O que será dela?

– Ela tá bêbada! Vai deitar aí pelo corredor. Quando ela acordar, se achar que deve, converse de novo com ela. Bebeu demais pra te agredir, mãe! – dizia Lena, esforçando-se para deter a mãe.

Lia tentou chegar ao portão, mas não conseguiu. Caiu diante da porta e ali ficou, no chão, como um pacote pesado e desfeito. Lá dentro, com certeza, ninguém mais dormiria.

4

*Como um homem que
só não violentou em si
o seu último segredo:
o corpo.*

Às seis horas da manhã, sem ter pregado os olhos por um só minuto, Anita não pôde se conter. Abriu com cuidado a porta e ali estava sua caçula, estendida no chão frio, suja de vômito, como uma criança abandonada à própria sorte.

Ajoelhou-se ao lado da filha e chorou. Muito. Chamou Lena, que também se sentiu mal diante da cena deprimente e, compreendendo a dor da mãe, pediu que voltasse para o quarto, pois ela própria, sozinha, traria Lia para a sala.

Foi difícil fazer a irmã mover-se. Com muito esforço, conseguiu que Lia, cambaleando e jogando sobre ela todo o peso do corpo, a ajudasse a levá-la até o sofá, onde despencou em sono profundo.

Lena encontrou a mãe no quarto, arrasada. Seria difícil consolá-la, ela sabia. Dentro em pouco sairia para o trabalho. Como deixar para trás aquelas duas pessoas, tão queridas, naquele estado deplorável? Mas alguém, ali dentro, precisava manter o equilíbrio. Então, com calma, disse:

— Eu vou conversar com o médico da empresa hoje, sabe, mãe. Se for possível, vou colocar Lia como minha dependente e... Ela precisa de tratamento, mãe. Essa menina tá doente.

Anita, apesar da dor que sentia, agradecia a Deus por ter-lhe premiado com aquela filha sensata e amorosa, que lhe acariciava a cabeça.

Foi um dia difícil aquele. Anita, Lena e Lia, cada qual do seu jeito, cada qual do seu lado, sentiam-se arrebentadas por dentro. Impotentes diante de si mesmas.

O médico da empresa foi categórico. Disse a Lena que, num caso daqueles, qualquer tratamento para ser eficiente exigia que a paciente desejasse se tratar. E, pelo que apreendera, não era esse o caso.

Além disso, acrescentou que o ideal seria, desde que a própria Lia consentisse, uma internação em clínica particular, onde, além de acompanhamento psicológico, ela pudesse desenvolver atividades de seu interesse. Conhecia uma excelente. Cara. Mas falaria com um colega e tentaria conseguir um bom desconto.

Lena faria qualquer coisa para trazer sua irmã de volta à vida de adolescente que ela perdia. O problema maior, no entanto, seria convencê-la a aceitar o tratamento.

Sua mãe e ela própria, à hora do almoço, tentaram abordar o assunto de todas as maneiras, sem conseguirem sequer que Lia as deixasse se aproximarem dela. Atordoada, enfraquecida pelos excessos da noite, mas cheia de brios, sentia-se ultrajada naquela casa. Aquele, com certeza, não seria o melhor momento de lhe proporem cura, mesmo porque não achava que estivesse doente. Para ela, tinha o direito de viver como bem entendesse, sem que ninguém interferisse. E sua idade nada tinha a ver com suas opções de vida.

Ao final da tarde daquele mesmo dia, Lia enfiou algumas peças de roupa na mochila e partiu, deixando sobre a mesa da cozinha as chaves inúteis.

Por sorte, ou por azar, Jorge lá estava, entre os amigos, ansioso para vê-la, pois lhe haviam contado que ela quisera falar-lhe na véspera.

De óculos escuros, Lia escondia as olheiras. Os óculos davam-lhe certo charme e um ar de mais velha. Sem perda de tempo e com habilidade, conseguiu afastar-se de todos e levar Jorge para uma conversa particular. A ele contou o que se passava em sua casa.

Jorge exultou. Inconsequente, encantava-o aquela menina linda, tão jovem, articulada e, aparentemente, segura de si. Ela lhe pedia ajuda e ele a ajudaria. Qualquer problema, só teria evitado que ela ficasse jogada na rua. Assim entendia. Assim seria. Combinaram de não dizer ao grupo que de lá seguiriam juntos para a casa dele. Todos meio altos, e ocupados com eles mesmos, nem haviam notado o afastamento dos dois.

Mas espantaram-se quando Lia, muito séria, pediu água mineral. No entanto, antes de sair, ela não resistiu e tomou dois chopinhos, dose insignificante para quem bebia como ela, ultimamente.

Jorge saiu na frente para esperá-la no carro, a poucos metros de distância. Ela ficou ali mais um pouco, disfarçando. E logo, dizendo-se cansada da ressaca da noite anterior, despediu-se sob protestos gerais.

Embora Lia estivesse no grupo havia muitos meses, nunca se abrira com nenhum deles. Apesar de atravessar aquele momento desastrado de sua vida e compartilhar as noitadas, guardava certo pudor. Eles sabiam dela o banal. Tudo por alto, sem confidências. Recusava as drogas que, na sua concepção, eram "da pesada". Esquivava-se dos apelos para o sexo, achando que aquele departamento da vida nada tinha a ver com os outros. Aborreciam-se com ela, mas nunca haviam usado de violência.

Essa marca de seu caráter devia ser profunda, pois nem quando passava dos limites no álcool, misturando várias bebidas, abria o pequeno livro da história de sua vida. Nunca se queixava da mãe nem da irmã. Exagerando os fatos, fizera-o agora a Jorge, que lhe inspirava confiança, não sabia por quê. Queria viver. E viver, para ela, era aquilo.

Jorge aguardava-a na esquina, ansioso. Sempre muito mimado pelos pais, achava que para ele tudo era possível. Tudo lhe era permitido e, sem esforço, o que desejasse caía-lhe nas mãos. Havia um bom tempo sonhava com Lia rolando com ele sobre o leito redondo de seu lindo quarto. Só esperava o momento exato, preciso, pois não queria arriscar-se a uma recusa.

– Quer passar em sua casa pra pegar alguma coisa? – perguntou a Lia, tal a inconsciência da gravidade de seu gesto solidário.

– Tá louco?! – espantou-se ela.

– Sei lá. Talvez fosse melhor dizer pra sua mãe que tá na casa de um amigo... Afinal, não tem pra onde ir, não é? – concluiu Jorge.

– Tá brincando! Nem pensar! Não tiveram coragem de me deixar pra fora? – disse ela, indignada. – É porque pra elas tanto faz. Pode ou não me dar abrigo? – perguntou, agressiva.

– Claro! Se eu te disse que dou é porque posso dar! Vamos lá.

Arrancou com o carro, cantando os pneus. Logo chegaram ao apartamento. Lia suspendeu a respiração, pois jamais sonhara com uma decoração daquela. O apartamento não era grande, mas tinha uma sala bastante espaçosa e um quarto com um "banheiro de novela". Preocupou-se, no entanto.

– Onde vou dormir? Na sala? – quis saber.

– Por que não no meu quarto? – perguntou-lhe Jorge, surpreso.

– E você?

– Eu também, oras!

Lia enquietou-se. Espera lá. Ela só havia pedido abrigo. Achava natural pedir a alguém que conhecia. Um súbito temor bateu-lhe na cabeça aturdida.

— Mas não foi isso que te pedi, Jorge. Quando pedi ajuda, não pensei que precisasse dormir com você.

— Ah, Lia, pelo amor de Deus! — disse ele, com ar muito ofendido. — Não tá pensando que vou pegar você à força, né? É que só tenho um quarto e dá pra nós dois, numa boa.

Lia olhava-o meio desconfiada, mas a enorme ressaca daquele dia, sobreposta à dos dias anteriores, deixaram-na embrutecida. Não acreditava que ele fosse violentá-la no meio da noite, no entanto...

— Tudo bem, Jorge. Mas prefiro dormir na sala, se não se importa. Amanhã vou procurar outro lugar pra ficar.

— Nem pense nisso! — ele a interrompeu, reconhecendo a sua pressa excessiva. — Eu fico aqui na sala. O sofá também é confortável. Eu durmo nele quando meus pais vêm pra cá — concluiu com naturalidade impressionante.

— Não! Não quero tirar você do seu quarto. Prefiro eu dormir na sala.

— Se quer assim, assim será.

Lia acalmou-se. Sentia, é verdade, grande atração por ele. Mas ainda não decidira entrar com o corpo pela vida. Não por que se sentisse incapaz, "em absoluto!". Mas essa parte dela não seria assim entregue de qualquer maneira. Não fosse o amor seu sonho maior, já teria navegado por muitas águas com outros rapazes do grupo e de outros lugares... não faltava quem a quisesse. Talvez seu corpo, sua pele, suas entranhas fossem, de fato, seu maior e mais bem guardado segredo. A ser revelado, claro. A Jorge? Quem sabe? Mas não agora!

— Seus pais costumam vir muito aqui? — perguntou preocupada.

— Não. Só quando meu pai tem algum negócio pra resolver, ou minha mãe vem fazer compras. Eles não gostam dessa agitação, graças a Deus. Preferem o sossego do sítio.

Lia foi à janela e Jorge a seguiu. Havia muita eletricidade no ar. Lia não pensava em sua mãe ou em sua irmã. Naquele momento, tinha raiva delas. Pensava em si mesma. Naquela situação. Como se sustentaria? O emprego já estava perdido, com certeza. Voltaria lá para dar baixa na carteira. E depois? Jorge não sabia que ela só tinha quinze anos. Todos pensavam que completara dezessete. Como se ter dezessete fizesse muita diferença!

Jorge interrompeu-lhe os pensamentos, dizendo:

– Você hoje quase nem bebeu. Quer tomar alguma coisa, puxar um baseado, ou...

– Não! Ontem bebi muito, meu estômago tá dando voltas – respondeu.

– Eu soube.

Ela olhou para o farto bar e suas pupilas dilataram-se:

– Se me sentir melhor e tiver vontade, mais tarde bebo alguma coisa, tá? – certificou-se.

– Fique à vontade – disse ele rindo, malicioso. – E olhe, pode ficar aqui em casa o tempo que quiser.

Sem dúvida, aquele ar de abandono, a sua voz meiga e o olhar de quem guardava na alma muitos mistérios o fascinavam.

Ele ligou o som e ficaram ali falando de coisas sem importância. Não tardou para Lia acender um baseado. Não tardou para ela aceitar um uísque, depois outro.

Jorge determinou-se a não tocar nela aquela noite. E logo Lia se sentiu à vontade, andando pelo apartamento como se morasse nele havia muito tempo. "Hoje, não. Mas amanhã...", pensava Jorge, que sabia ser cavalheiro. Aliás, como nenhum outro que ela conhecera até então. Insistiu tanto que Lia terminou por aceitar dormir sozinha no quarto. Foi assim que o dia, começado no chão, terminou na cama mais confortável em que ela já se deitara em sua vida.

5

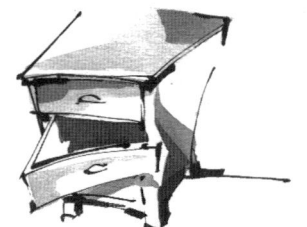

Na sua construção ele se via de repente como um homem que tivesse construído um quarto sem porta e ficasse preso dentro.

Anita e Lena, exaustas pela noite anterior passada em branco e pelas tensões do dia, deitaram-se cedo e dormiram pesadamente. Quando Lia chegasse, bateria à porta, pensaram. Nunca sabiam por onde ela andava, e Anita, apesar da conversa da véspera, já havia entregado aquela filha nas mãos de Deus – num momento de desespero e, claro, de assumida incompetência. As mãos de Deus são muito confortáveis. Quando não se sabe o que fazer, devolve-se o filho a Ele, o filho que cremos ter Ele confiado aos nossos cuidados.

O despertador soou, estridente, chamando as duas para o novo dia de luta. Lena, assustada com a hora e vendo a cama ao lado vazia, trombou com a mãe no corredor, as duas com a mesma ideia. Aflitas, abriram a porta na esperança de ali encontrar Lia estendida no chão.

– Por onde andará essa menina, meu Deus? – desesperou-se a mãe, olhando, confusa, para o chão vazio.

– Olhe, mãe – disse Lena, cheia de angústia. – Fique calma, ela deve estar por aí, na casa de alguma amiga, sei lá!

Tá na cara que ela ia aprontar alguma bem forte pra deixar a gente maluca.

– Mas ela sempre volta. Altas horas, mas volta pra casa... Ah, meu Deus! Por onde andará minha filha, minha criança? – Anita começou a chorar.

Lena também sentia grande inquietação. Lia tornava-se a cada dia um saco maior de problemas. Mas a vida não podia parar.

– A questão, mãe, é que eu preciso trabalhar. E você tem montes de encomendas pra entregar. Não dá pra viver correndo atrás da Lia! Ela é muito esperta pra aquilo que interessa a ela. Tenho certeza de que tá enfiada na casa de alguém! Só pra encher! E ela consegue! O dia inteiro é só nela que se pensa!

– Mas...

– Sem "mas". Isto não é vida! A gente só pode ajudar quem quer ser ajudado... Vou tomar banho e vou trabalhar!

E cabeça para se concentrar nas coxinhas, empadinhas e *petit-fours*? Mas que Lena tinha razão, isso tinha. "Eu não jurei a mim mesma que aguentaria tudo, quando falei com a Lia ontem?" O coração pesado, decidiu ir à loja onde a filha trabalhava. Se estivesse lá, voltaria sem deixar que ela a visse. Senão... não saberia onde procurá-la. Lia não deixava pistas.

– Ela não aparece há três dias, dona Anita! Olhe que tenho feito de tudo pra agradar essa menina, mas ela não assume a responsabilidade! – disse o senhor Carlos, depois de ouvir a mãe aflita.

– Eu sei – concordou Anita, desanimada. – O senhor tem sido muito paciente. Se ela aparecer, por favor, peça pra ela ir pra casa.

– Será que ela vai, só por que vou pedir? Eu queria tanto ajudar a senhora, mas não sei como. Lia é muito inteligente, fala muito bem, é uma moça bonita, os fregueses se encantam com ela, mas tem faltado demais, e eu preciso poder contar com a pessoa que trabalha comigo.

Anita pensou um pouco, já nem o ouvia e, como não tinha telefone em casa, perguntou se poderia ligar mais tarde para saber se ela passara por lá.

– Claro! – respondeu ele. – Se puder, vou ajudar a senhora. Sei que, quando o filho quer dar dor de cabeça pra gente, consegue.

Confusa, sem saber qual a melhor atitude a tomar, pareceu-lhe mais sensato recomendar que ele não dissesse à sua filha, caso aparecesse, que ela estivera lá. Ele concordou.

Lia acordou com o barulho do chuveiro. Jorge tomava banho e o banheiro era na suíte. Portanto, ele a vira dormindo. "Bem, dos males o menor". Pelo menos dormira na sala e em nenhum momento a molestara. Ah, como estava bem-disposta! Espalhou-se na cama para melhor desfrutar o conforto. Lençóis macios.

O chuveiro parou. Foi o tempo de ela ajeitar-se toda e Jorge saiu do banheiro embaçado de fumaça, ele próprio fumegando, como se saísse da sauna, só com a parte de baixo enrolada na toalha.

– Já acordou? – perguntou ele, sorrindo. – Bom dia! Você já acorda bonita! – beijou-lhe a testa e em seguida foi buscar as roupas no armário.

– Dormi como uma pedra! – disse Lia, para falar alguma coisa. Estava impressionadíssima com o físico dele. "Que homem!", pensou.

– Pois eu não dormi tão bem. Preocupado com você. – ele falava e passava para o banheiro com a roupa na mão.

– Ué! Por quê? – quis ela saber, surpresa.

– Achei que podia estranhar a cama... Fiquei preocupado com os seus problemas...

Bem, depois daquela conversa banal, Lia refeita das impressões que o belo tórax de Jorge lhe havia causado, foram ambos para a cozinha tomar café. Ela fez o café. Ele pôs pão para torrar. Uma verdadeira cena cinematográfica.

– Posso pôr um pouco de licor no meu café? – perguntou Lia.

– Já?! – espantou-se Jorge.

– Umas gotas, só pra dar gosto.

– Se quiser, pode se servir.

Ela lhe ofereceu o licor. Ele concordou em experimentar, só para acompanhá-la.

Informou-a de que precisaria passar na editora da revista para entregar umas ilustrações e que, em seguida, voltaria para casa. Ela lhe pediu carona até a loja, se não o desviasse do caminho. E lá foram eles.

– O que houve, Lia? Está abatida! – disse o senhor Carlos, como se de nada soubesse.

– É... Andei doente. Vim hoje por isso mesmo. Sei que tenho faltado muito... Se o senhor puder dar baixa na minha carteira... – disse, torcendo para que ele não a demitisse.

O senhor Carlos olhou firme em seus olhos e ela, sem jeito, abaixou-os. Queria tanto que ele a perdoasse mais uma vez! O salário, embora insignificante, era bem melhor do que nada. Ele fez um longo silêncio, desconcertante.

– Vamos conversar – disse finalmente. – Você precisa de trabalho e eu preciso de alguém na loja. Vou dar a você mais uma, só mais uma oportunidade. Se não faltar mais, fica. Se faltar de novo, nem precisa vir. Peça pra sua mãe trazer a carteira e eu dou baixa.

O rosto de Lia iluminou-se.

– Obrigada, seu Carlos! Obrigada mesmo! Não vou faltar mais, prometo!

– Vamos ver. Passe pra este lado do balcão e pegue no batente. Tem peças espalhadas por toda parte pra pôr nas prateleiras. Rápido!

Ela pediu para dar um rápido telefonema e ligou para a casa de Jorge, deixando na secretária eletrônica o recado de que estava trabalhando. Do trabalho iria direto para casa. "Se precisar sair, por favor, deixe a chave na portaria. Obrigada". Desligou.

O senhor Carlos olhou-a, desconfiado.

– Mas você não tem telefone...

– Não, não. É que estou passando uns dias na casa de uma amiga – respondeu sem olhar para o patrão.

Ele preferiu não dizer mais nada. Achou melhor não cutucar a fera com vara curta. Aos poucos, arrancaria dela o nome e o telefone daquela "amiga".

Não tardou para que Anita ligasse. Por sorte ele estava na loja, e quando lá estava atendia ao telefone. Aflita, a princípio não entendeu nada. Depois percebeu que ele justamente falava de maneira que Lia não percebesse quem estava do outro lado da linha. Só de saber que a filha estava lá, Anita sentiu-se melhor. Ele lhe pediu que ligasse depois das dezoito horas, pois tinha boas notícias para lhe dar.

E foi o que ela fez. Ele a autorizou a ligar diariamente naquele horário. Não insistiria hoje, mas tentaria conseguir o telefone de onde Lia estava hospedada. Conhecia Anita havia longa data, era ela quem fazia os salgadinhos de todas as festinhas de sua casa. Sabia tratar-se de pessoa batalhadora que, por certo, não merecia a atitude leviana da filha.

Lena, posta a par do fato, também ficou mais tranquila. Era grande a sua raiva, mas preferia saber que a irmã pelo menos estava inteira.

Jorge e Lia decidiram ficar em casa ouvindo música, bebendo e fumando.

— A partir de amanhã, preciso levantar às seis horas — disse Lia.

— Precisa mesmo? Tão cedo?

E um clima começava a rolar quando tocou o telefone. Era Cauê. Perguntava se ele não ia aparecer no bar e dizia que Lia também não tinha lá estado.

— Que coincidência! Eu não vou porque meus pais chegaram hoje. A Lia... bem, ela tava meio chumbadinha ontem, vai ver que não tava bem, né? Amanhã apareço por aí, com certeza.

Enquanto ele falava ao telefone, Lia levantara-se e fora para o quarto. Momentaneamente aliviada, pressentia no entanto que seria difícil resistir, a menos que fosse embora dali com urgência. Sentia-se muito insegura, essa é que era a verdade.

Sabia-se jovem demais e inexperiente, com aquele jeitão todo de quem sabia tudo.

Quando buscava na mochila uma camiseta para pôr no dia seguinte, Jorge entrou. Ela se ergueu enquanto ele a olhava, olhos lampejando, cheios de desejo. Lia sentiu um arrepio estranho e um súbito temor pareceu tirar-lhe a força das pernas. "Vou desmaiar", pensou. Mas até para desmaiar precisa-se de certa competência, e ela não desmaiou.

Olhou-o, assustada, o coração acelerado, como se só naquele instante tomasse consciência de que estava na casa de um homem, alguns anos mais velho do que ela, experiente, forte. E ali ela não era nada, absolutamente nada. Tudo, inclusive ela, estava nas mãos dele.

Pela cabeça de Jorge também os pensamentos giravam, como se pela primeira vez estivesse diante de uma mulher. Ambos já haviam bebido e tragado o suficiente para se sentirem meio atordoados. Mas ela, ali, parecia um animalzinho silvestre, assustada, querendo correr sem saber para onde. Afinal, não podia ser tão inocente como queria parecer! Quanto mais se mostrava acuada, mais ele a desejava. Naquele jogo excitante, alguém teria de perder... ou não?

– Tô louco por você, Lia! – murmurou. – Há muito tempo... Não faça isso comigo, amorzinho...

– Você prometeu... – disse ela, ofegante – ... que não me forçaria a nada.

– Não quero forçar... um beijo, Lia, um beijo...

E ele se aproximou mais, alisou seu rosto, acariciou seu corpo. O coração de Lia estava prestes a explodir. Aquele homem a fascinava, mas não era assim que queria! Como ela queria? Seu corpo não a ouvia mais. Nem seus ouvidos. Daquela vez não aguentaria e não aguentou.

Passado o momento mais intenso e para ela dolorido, apesar de rendida sem mais impor resistência, ele se afastou um pouco e olhando-a, incrédulo, quis confirmar:

– Eu fui o primeiro, Lia?!

Ela confirmou sem palavras, pois sua voz não a socorria.

– Linda assim nunca tinha transado? – ele insistia, sem conseguir acreditar.

Mais uma vez ela balançou a cabeça.

– Por que você não diz nada? Tá sentindo alguma coisa?

Ela o olhou sem nada dizer. Por um momento, Jorge teve a impressão de ter ao seu lado apenas uma criança assustada.

De repente, o sentimento queimando e transbordando, Lia fechou os olhos e lágrimas desceram molhando-lhe os cabelos. Murmurou apenas:

– Eu te amo...

Havia tal entrega em sua voz, que Jorge sentiu-se incomodado e afastou-se. Jogou as pernas para fora da cama e ali ficou, em silêncio, sentado de costas para ela. Momentos depois, levantou-se e, sem olhar para trás, disse seco:

– Vou dormir lá na sala. Boa noite.

Um medo terrível tomou conta dela. Ali, abandonada e confusa, molhada de sangue e de sêmen, sem conseguir reagir, sentiu medo de não significar nada para ele. Medo de que Jorge nunca mais se aproximasse dela e de já não conseguir viver longe dele.

6

Foi então que lhe pareceu, numa sensação súbita de grande mal-estar, que o mundo é maligno. Que dava, sim, mas que dizia ao mesmo tempo: "depois não venha me dizer que não lhe dei". A coisa não era dada na base da amizade, mas da hostilidade.

Era já muito tarde e Lia não conseguia dormir. Exaurida pelo temor e pela emoção, sentia uma tristeza profunda pela decepção que sabia ter causado a Jorge. Por quê? Por ser tão inexperiente, apesar de não parecer. Por não ter sabido lhe dar o prazer que ele esperava. Era assim que ela pensava.

Na boca seca, língua e lábios pareciam arrebentar. Esperou que na sala o silêncio fosse completo. Levantou-se e foi tomar banho. O que seria dela de agora em diante? No fundo, a certeza de que Jorge logo a faria partir. Olhou-se no espelho e odiou aquele rosto que todos diziam ser bonito. Para sua casa não voltaria. Nunca mais!

Depois de muito chorar, dobrada sobre si mesma, decidiu ir à sala. Afinal, Jorge não podia ser assim tão seco com ela! Não experimentara antes o amor porque era a primeira vez que amava! Será que ele pretendia que ela tivesse ido para a cama com outros rapazes? Por quê? Sua cabeça latejava de pensamentos confusos. "E daí? Fui dele sim! Ninguém tem nada com isso! Que minha mãe e minha irmã não me cobrem nada. Pra lá não volto. Nunca mais!"

Na sala, ouviu o ressonar forte de Jorge. Serviu-se de conhaque, virando a dose de um só gole, que desceu queimando-lhe a garganta seca. "O primeiro gole é horrível", pensou enquanto preparava o segundo e depois o terceiro e mais.

Subitamente percebeu algo ao lado do sofá, que refletia à luz de fora, janela aberta. Aproximou-se. Viu então a colher ao lado do espelho e o canudo de papel.

"Cocaína!" Afastou-se um pouco, muito zonza, abriu mais a gaveta semiaberta do pequeno móvel sob a janela.

"Cocaína! LSD... *ecstasy*... Gente!" Completamente atordoada, deixou-se cair sobre a poltrona que ladeava o sofá. A sala girava. "Conhaque sobe rápido!" Queria voltar para o quarto, mas seu corpo dolorido pesava como chumbo. "Disfarça bem, ele às vezes recusa até maconha. Nunca pensei!" A cabeça, a exaustão, o conhaque, tudo pesava. "É por isso que às vezes passa dias sem aparecer no bar".

Lia realmente bebia, e cada vez mais. Além do cigarro, usava maconha. Mas das outras drogas, "pesadas", sempre conseguira fugir. "Nem inalo, nem me pico! Fim!" O resto da turma usava várias. Pressionavam-na, chamavam-na de careta, de covarde, "tudo bem, prove um pouquinho", mas ela conseguira, até o momento, não ceder à pressão. Por medo, sobretudo. Medo de não superar a crise que a "viagem", algumas vezes assistida nos outros, provocava.

E não gostava de vê-los inalando e se picando. Temia a repressão policial. Agora ali estava, esparramada na poltrona como um brinquedo desmontado, ao lado de Jorge, que dormia drogado. Bêbada. Apaixonada. "Amanhã". E dormiu, aterrada entre temores, culpas e desejos.

Jorge foi o primeiro a despertar. O vento balançava as cortinas e o sol invadia parte da sala. Viu Lia largada na poltrona, o copo de conhaque entornado no carpete, seus apetrechos da cocaína inalada no chão, a gaveta do móvel aberta. Enfureceu-se, saltando do sofá com vontade de estrangular aquela enxerida, que, além de esvaziar a garrafa da bebida, bisbilhotara por todo lado. Distante da simpatia e do cavalheirismo da véspera e dos outros dias, voou sobre ela, sacudindo-a com selvageria.

– Então, enxerida! Entra na minha casa, vasculha gavetas, esvazia garrafa de bebida e quer mais o quê? – falava, descontrolado.

Lia, apavorada, esforçava-se por abrir os olhos inchados, sem nada entender. Que cara louco era aquele a sacudi-la daquele jeito, como se ela fosse um saco de batatas podres?

– Pegou alguma coisa da gaveta? – gritou ele.

Com dificuldade, apenas situando-se no tempo e no espaço, Lia, atônita, perguntou:

– Que gaveta?!

– Ah, mas ela é uma atriz!!! – dizia, furioso. – Que gaveta?! Aquela que você vasculhou, pô!

Lia custou a reconhecer naquele homem o "seu" Jorge, o Jorge do bar do Vicente, aquele que lhe dera abrigo. O Jorge da véspera. Conseguiu finalmente pedir que a soltasse. Ele a soltou. Mas continuou em pé à sua frente, esperando uma resposta.

Lembrou-se então, vagamente, do que acontecera na sala depois que ele dormira. Tentou se acalmar. Seria melhor mentir.

– Eu não conseguia dormir. Então vim ver se você tava acordado – explicava, ainda trêmula pelo susto. – Como você dormia, bebi umas doses de conhaque e dormi aqui. Não sei de que gaveta tá falando, não vi gaveta nenhuma!

Jorge passou a mão pelo rosto e acalmou-se um pouco, ele próprio não se lembrando se deixara a gaveta do móvel aberta ou fechada.

– Olhe! Não mexa em gaveta minha, Lia. Eu não gosto!

Ia para o quarto, mas desistiu e voltou.

– Vamos combinar uma coisa – disse, sentando-se no sofá. – Arrume outro lugar pra ficar. Não é por nada, não. É que tô acostumado a viver sozinho, não vai dar certo. Além disso, meus velhos podem aparecer e, de qualquer jeito, não dá pra ficar.

Onde estava aquele homem, ontem louco por ela? Lia baixou a cabeça e começou a chorar. Não era essa reação que queria ter. Detestava lágrimas fáceis, mas aquelas eram sinceras e não pôde evitá-las.

Jorge calou-se por instantes, talvez por pena, e continuou:

– Não precisa se desesperar. Não tô jogando você na rua. Só não mexa nas minhas coisas! Pode ficar mais uns dias até conseguir pra onde ir. Só quero que saiba que não dá pra ficar eternamente aqui.

Parecia esquecido da noite anterior. Como ela não parasse de chorar, ele disse ainda:

— Eu gostei de você justamente por ser uma pessoa forte, decidida. Até me espantava tanta coragem e desembaraço numa moça de só dezessete anos.

— Eu tenho quinze anos.

— O quê? O que foi que disse?

Lia respirou fundo e pensou assim: "Já que entornei um pouco do caldo, agora vou virar o caldeirão". Olhou e repetiu:

— Eu tenho quinze anos! Fiz quinze anos no mês passado.

— Não acredito!

— Quer ver meu documento? Eu mostro! — ela recuperava um pouco do autodomínio.

Jorge olhava-a, surpreso. Como era possível um mulherão daqueles ter só quinze anos?! Como fora deixada na rua pela família? Compreendia, de certa forma, a reação e o espanto dela na noite anterior.

— Mas todos me disseram que tinha dezessete! — ele falou, como se ter dezessete mudasse tudo.

— Ninguém acreditava que eu tivesse catorze, então aumentei pra dezesseis. Agora pensam que tenho dezessete. Não vejo desvantagem em ter quinze nem vantagem em ter dezessete.

Jorge continuava incrédulo. Que menina surpreendente! E como aguentava beber tanto! Ah, não! Aquela bomba ainda ia estourar na sua mão!

— Lia! Escute aqui! Você é impressionante. Assustadora! Por que é que não volta boazinha pra sua casa?

— Não vou voltar pra lá. E tô perdendo meu emprego. Meu patrão falou que se eu faltasse de novo... E já perdi a hora.

Jorge sempre fora meio inconsequente, mas cuidava dos rolos que fazia. Mesmo com as drogas, não se expunha demais, usava as mais leves na companhia de amigos, das mais pesadas não era usuário frequente, isto é, não usava todos os dias. Parecia conseguir, sabe-se lá como, ser usuário sem ser dependente. Não queria nada com o trabalho. E, como artista, tinha mais o espírito do que a arte propriamente dita. Gostava de desenhar e fazia uns bicos. Aquela garota era muito bonita e inteligente, capaz de envolvê-lo. Não ia entrar nessa!

— Para você não dizer que não te ajudei, vou te dar uma semana pra conseguir outro lugar. Combinado? E é melhor que a sua família não saiba que se esconde aqui. Não quero confusão.

Lia olhou-o com imensa tristeza. Aquele era o mesmo homem que a desejara até ontem? Que a acariciara com mãos de veludo? A quem se entregara com amor, até quase perder os sentidos, o primeiro homem a possuir seu corpo? Que ajuda era aquela que ele propunha?

— Seria diferente se eu tivesse dezessete anos? — perguntou ela, por não entender que diferença isso fazia.

— Não sei. Mas chocaria menos o mundo, com certeza.

Esse raciocínio ela jamais compreenderia. Se tivesse um lugar para ir, que não fosse a própria casa, para onde não queria voltar, pegaria as suas coisas naquele instante e sairia, mesmo sentindo por ele o que sentia. Olhou os apetrechos de cocaína no chão e o seu copo entornado.

— Vou limpar o carpete e depois vou à loja pro meu patrão dar baixa na carteira — não era isso o que queria dizer, mas foi só o que disse.

7

Depois que, por um instante, o mundo inteiro se tornara seu cúmplice, a moça fora largada por sua própria conta.

Se Jorge dissesse que Lia não mexia com ele, seria mentira. Alguma coisa, carisma talvez, ou sua beleza natural, o perturbava.

Ela já havia saído. Apenas o seu perfume ficara no ar. Perfume vagabundo, é verdade, mas nela até o cheiro de bebida era excitante. Ah! Se ela continuasse ali, ele sucumbiria.

"Incrível, só quinze anos!" Era como se ela tivesse apanhado tanto da vida, que hoje soubesse ler até pensamentos. Mas ainda nem mesmo vivera! Ele fora o primeiro homem a tê-la inteira na cama, ali, numa relação talvez dolorida, mas sem um gemido de dor.

A perspicácia de Lia era surpreendente. Aliás, quando o apresentaram ao grupo, foram o sorriso e o olhar dela que o fascinaram.

Quinze anos! Não! Impossível! De qualquer jeito, tinha de cortar as asas agora. Ia dizer-lhe que seus pais chegariam amanhã, ela que voltasse para casa. Afinal, tinha onde morar. Que controlasse os impulsos e fosse viver com a família.

Lia pensava, no trajeto até a loja, no que dizer ao senhor Carlos. Ele havia sido claro e ela nada pediria. Pedir a baixa na carteira e procurar outro trabalho qualquer, era o que faria. Pensava também a quem recorrer, já que em uma semana deixaria o apartamento de Jorge. Jorge... ela faria qualquer coisa para ficar ali, ao lado dele. Mesmo que ele nunca mais a olhasse com aquele olhar que lhe dava vertigens.

Primeiro amor. Pra valer! Capaz de cegar qualquer criatura.

Para sua casa, não! Uma mãe e uma irmã que haviam tido coragem de deixá-la dormir ao relento! Nunca mais! Melhor seria pedir esmolas, ser empregada doméstica. "Uau! Por que não?" Aí estaria a solução, pensava, de todos os seus problemas! "O salário e meio que ganho pode ser facilmente coberto. E ainda casa e comida de graça! Posso ser babá, por exemplo! Também sou capaz de limpar uma casa, antes ajudava minha mãe". E, assim pensando, chegou ao destino.

O senhor Carlos estava com cara de poucos amigos. Antes que a descompusesse, ela foi logo dizendo:

– Sei que tá aborrecido comigo e não vou pedir nada ao senhor. Pode dar baixa na minha carteira. Consegui um emprego pra ganhar mais – falou, como se já estivesse de fato empregada.

Aliás, dentro daquele corpo de mulher feita, e daquela cabeça privilegiada e mal aproveitada, havia a criança para quem qualquer fantasia, num piscar de olhos, poderia tornar-se realidade.

Mas o senhor Carlos não deixou barato. Conhecendo o problema de Anita, aquela menina escondida atrás dos óculos escuros não o enganava. Não a deixaria escapar assim da mãe dela, não! Disse-lhe, então, que a presença de sua mãe era obrigatória para essa formalidade. Era sua conhecida e só assinaria a carteira na presença dela. Que voltasse "hoje mesmo" com a mãe.

Irredutível, as razões de Lia não o comoveram. Ela pediu que lhe adiantasse o dinheiro do acerto de contas, para ela tomar condução. Ele lhe deu metade do que lhe devia sobre os poucos dias trabalhados aquele mês. O restante daria quando assinasse a carteira.

Ela saiu de lá furiosa, praguejando. Não iria chamar sua mãe. Não aguentava mais sermão e não queria ver Lena na sua frente! Daria um jeito, como para tudo dava um jeito quando queria.

Parou num bar, tomou água, café com leite e comeu pão com manteiga. Economizaria aquela miséria de dinheiro, que não ia dar nem para pagar o bar do Vicente. Pediria emprestado a alguém.

Resistiu à cerveja, pois dali seguiria em busca de emprego. E foi o que fez. "Vou de casa em casa perguntar se precisam de babá ou arrumadeira". Mas, ao contrário do que sua imaginação fantasiara, as coisas não eram tão fáceis assim. Primeira exigência: "referências". Não as tinha. Além do que, e disso ela nem desconfiava, naquela área, o seu porte, a sua maneira de se vestir e de se pintar atrapalhavam. E muito!

Certamente haveria alguém, em algum lugar, que a aceitasse mesmo sem "referências", pensou. No final da tarde, exausta e com fome, resolveu voltar para a casa de Jorge. Talvez ele tivesse uma boa ideia para ajudá-la a resolver o problema. Mas antes precisava tomar um chopinho para clarear as ideias, como sempre dizia. Tomou três.

A campainha de Jorge não respondia. Na portaria não havia chaves para ela. Bem, a essa altura, a turma já devia estar chegando ao bar do Vicente. Talvez até o Jorge já estivesse por lá. Foi.

O célebre "bar do Vicente" não era um bar comum, como esses que se veem por toda parte. Na verdade, Vicente era um sujeito que tinha uma casa de três andares e montara uma espécie de bar no subsolo. Ali tinha mesas de bilhar, servia bebidas e passava drogas. É preciso dizer que ele era um cara muito esperto, isto é, vendia as drogas e não permitia a nenhum usuário se servir indiscriminadamente delas lá dentro. Podia-se, no máximo, sair de lá bem tonto, com a cabeça cheia. Não afrouxava um minuto a vigilância. Quem quisesse se matar que o fizesse na própria casa ou, pelo menos, longe dali. Fazia o mais sóbrio levar para longe de lá o mais bêbado, por exemplo. Se algum dia alguém o envolvesse com a polícia, se não morresse logo pela droga, ele mataria. Dizia isso todos os dias. Só entrava lá quem fosse apresentado por outro frequentador. Enfim, enriquecia cada vez mais, correndo riscos, mas os mínimos possíveis.

Lia encaminhava-se para lá. "E se Jorge não aparecer?", preocupava-se. "Será que Amarílis me deixaria dormir uma noite na casa dela?", buscava alternativas.

Em sua casa, Lena acabara de chegar do trabalho. Anita apressou-se em lhe contar o resultado do telefonema que dera ao senhor Carlos naquele final de tarde. Ele ficara surpreso, pois esperava que Lia tivesse ido apanhá-la para, diante dela, assinar a carteira. Ah! Que diferença do telefonema da véspera!

– Ela disse pra ele que arrumou emprego pra ganhar mais. Será que é verdade? Onde será que ela está, meu Deus? Acho que vou ficar louca!

– Vai ver tá até melhor do que a gente, aquela desmiolada. Não tem jeito, mãe! Você sabe onde encontrar ela? Não sabe. A menos que dê parte na Polícia ou no Juizado, já que ela é menor de idade – respondeu Lena, aparentando tranquilidade.

– Deus me livre! Não quero nem pensar na minha filha envolvida com polícia ou seja lá o que for – e começou a chorar, o que deixava Lena desesperada.

– Eu não aguento ver você assim. E não sei o que fazer. A Lia nunca disse pra onde ia, que raio de pessoal é esse com quem se encontra. Mas tenho certeza de uma coisa: ela tá se virando. Sei lá como, mas tá.

– Sinto tanto remorso, Lena.

– Não, mãe. Você fez o que devia ser feito! A cabeça dela é que tá embaralhada, mas ela vai entender isso.

– Ela precisa de mim. Não vou aguentar.

– Tem de aguentar! E, quando ela voltar, você tem de manter essa postura. Não é fazendo tudo o que ela quer que vai ajudá-la a sair dessa vida.

E lá ficaram as duas, Lena tentando passar à mãe uma tranquilidade que não sentia, e ela mesma tentando encontrar saída para aliviar-se do peso do problema com a irmã.

Lia ficou desorientada quando a informaram de que Jorge telefonara avisando que precisava ir para o sítio, levar seu pai de volta. Só ela, ali, sabia que ele mentia, pois o ouvira mentindo ao telefone para Cauê, na véspera. Amarílis, que raramente deixava de aparecer, até aquela hora não dera sinal de vida. "O que fazer?" Inventou uma história sobre uma viagem da mãe com a irmã, dizendo que se esquecera das chaves. Falou com Cauê. Falou com Sérgio e Rodrigo. Com os outros.

Ninguém podia ajudá-la. Ela já bem alta pelos chopinhos e pelo resto. Todos se esquivaram. Moravam com os pais e não tinham como levá-la para casa. Cada qual tinha a própria vida para prestar contas. E que contas! Rosana era um purgante, nem pensar! Adélia fora embora mais cedo. Cansada de todos os problemas do dia, na própria casa nem pensava!

Uma última esperança: o Vicente!

Chamou-o de lado. Explicou tudo de novo, isto é, contou-lhe as mesmas mentiras.

– Aqui mesmo no bar, Vicente. Eu durmo ali na poltrona.

Mas Vicente, que de encrenca queria distância e que não engolia qualquer história, foi respondendo sem pestanejar:

– Nem pense nisso, garota! Trate de arrumar outra saída! – e foi se afastando, dizendo que precisava fechar a "butique", nome que dava a seu antro.

De lá saiu Lia, humilhada, arrasada, atordoada, conhecendo um pouco melhor o mundo onde decidira gastar sua vida.

Sem saber para onde ir, voltou ao prédio de Jorge. Não havia mesmo ninguém, a campainha não respondia. Tentando disfarçar a tonteira que sentia, perguntou ao porteiro se não poderia ficar no saguão do prédio até Jorge chegar, ao que ele respondeu prontamente:

– Se eu fizer isso, o síndico me mata ou me põe na rua!

Rua. Por um momento, lembrou-se da mãe. Sem ódio. Mas para casa não voltaria. Não muito longe do prédio, sentou-se sob o abrigo de um ponto de ônibus. E, pela primeira vez, dormiu de fato na rua.

8

> *Não ter carinho por si mesmo era o começo de uma crueldade para com tudo.*

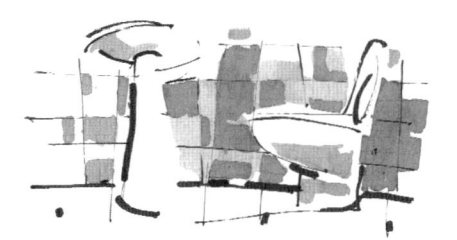

Rendida pela exaustão, Lia cochilou. Pesadelos horrendos vieram-lhe à mente. Sobressaltada, despertou e viu que ali no ponto havia apenas ela e um sujeito muito mal-encarado. Sentiu calafrios. A rua estava quase deserta. Ele não tirava os olhos de cima dela, como se apenas aguardasse o momento oportuno de dar o bote.

Aliviada, viu que um ônibus se aproximava. Levantou-se e decidiu entrar, fosse ele para onde fosse.

Nunca estivera no bairro para onde o ônibus se dirigia, mas sabia tratar-se de um bairro distante. Sono incontrolável, embora tudo fizesse para não dormir, só acordou no ponto final. Ali tomou outro ônibus e voltou ao lugar de onde saíra.

Não tardou para começar a clarear. Na lanchonete em frente, que acabava de abrir, comeu qualquer coisa. Estava suada, sentia-se suja, precisava de roupas limpas. Voltou ao prédio e no saguão esperaria por Jorge. O porteiro da noite, que se retirava, disse-lhe que, como já era dia, o síndico certamente não iria se importar que ela ficasse um pouco ali.

O porteiro do dia, assumindo o posto sem ter sido avisado de nada, ao vê-la interfonou para Jorge. Depois de muito insistir, ele atendeu. Lia, ali perto, indignou-se. "Então ele estava e não quis abrir a porta pra mim! Talvez tenha chegado só depois... Inferno!", pensava enquanto subia.

Foi de estarrecer a frieza com que Jorge a atendeu, contrariado.

– Dormiu na sua casa? – perguntou sonolento, voltando para o quarto sem esperar resposta.

Ela ficou ali em pé no meio da sala, sem se decidir a segui-lo, a cabeça atordoada, o estômago dando voltas, um desespero, uma ânsia. Correu ao banheiro do quarto de empregada e vomitou o pavor, a raiva, a humilhação.

Naquele quartinho de fora, minúsculo, abarrotado com roupeiro, cestos, livros, jornais, sentou-se no chão, encostada à parede, e chorou. Exaurida, dormiu estendida no chão.

Tempos depois acordou com o barulho de Jorge na cozinha. Continuou ali por instantes, tentando ordenar um pouco as ideias. Decidiu levantar-se e falar com ele.

– Dá pra gente conversar? – perguntou-lhe da porta.

– Se for rápido. Tô com pressa – ele respondeu, sem olhar para ela.

Aquela frieza a desmontava. Mas foi em frente:

– Dormi na rua esta noite.

– Porque quis. Você tem casa – disse ele, finalmente olhando para ela. Espantou-se com o seu abatimento. O rosto de Lia estava meio desfigurado.

— Mas eu não vou voltar pra lá, você sabe. Meu patrão me despediu e eu estou procurando trabalho de babá, de arrumadeira pra ter onde morar.

"Não vou me envolver", Jorge pensava, enquanto a ouvia.

— Mas querem "referências", e eu não tenho — ela continuou. — Você não tá precisando de alguém que cuide da sua roupa, do seu apartamento? Eu podia ficar no quartinho aí de fora.

Ela só queria estar perto dele. Um dia, quem sabe, ele viria de fato a amá-la.

Nesse exato momento, entrou na cozinha uma moça, meio esperta, cara amarrotada de quem acabava de acordar de uma noite de orgia. A crueldade de Jorge não parou por aí.

— Senta, Paty — ajeitou a xícara dela. — Esta menina... — mostrou Lia — está oferecendo seus serviços de doméstica. Talvez não seja má ideia, o que você acha?

Lia estava aterrada, o chão querendo escapar-lhe sob os pés. Paty olhou-a de maneira estranha, insistente.

— É você quem sabe se precisa. Se a faxineira não tá dando conta — respondeu.

Jorge ofereceu café a Lia. Ela recusou. Sem saber como, conseguiu perguntar se poderia apanhar a mochila que deixara lá.

— Sim, claro. Guardei no quarto pra não ficar jogada por aí. Espere, vou buscar pra você.

Aproveitando-se da ausência dele, Paty examinou Lia ainda mais atentamente e disse:

— Se ele não ficar com você, tenho uma amiga que está precisando.

As mãos de Lia estavam geladas. Sentiu medo de não conseguir se mover para partir. Abaixou a cabeça e respondeu:

– Tudo bem.

Mais do que isso não conseguiria dizer.

Paty deu-lhe o telefone da amiga, Lia pegou sua mochila e saiu. Desorientada, caminhou um quarteirão e entrou no único lugar de onde sabia que não a expulsariam, a menos que pretendesse passar a noite ali: a igreja. Àquela hora, quase vazia.

Sentou-se, trêmula. Não se lembrava mais de nenhuma oração, que aprendera ainda muito pequena. Depois de algum tempo, sem intenção de orar, orou:

"Deus! Sou um caso muito difícil. Se o Senhor pudesse fazer alguma coisa por mim, já teria feito com certeza. Olhe! Não! Não vim aqui pra encher o Senhor, não... vim só pra descansar, viu? Pode continuar aí no Seu altar, tranquilo. Faz de conta que eu não existo, tá? Faz de conta que não tô em lugar nenhum... faz de conta que não tô no mundo..." E mais uma vez chorou naquele dia.

Pôs os óculos escuros e saiu. Decidiu ir à casa de Amarílis, que, espantada com seu abatimento, recebeu-a. Amarílis devia ter sabido, pelos outros, que ela procurara onde dormir aquela noite. Então lhe contou a mesma mentira que contara no bar do Vicente, e a verdade sobre a noite que passara na rua. Depois tomou um longo banho e se sentiu melhor. Ligou para a amiga de Paty, marcando entrevista para aquela tarde. Certificou-se de que Amarílis a deixaria dormir em sua casa, se não ficasse direto no emprego.

– Por uma noite, tudo bem – Amarílis concordou.

No dia em que saíra de sua casa, Lia havia levado algumas roupas. Precisava de outras, pois várias já estavam sujas. Não sabia quando nem onde as poderia lavar e passar. Achou-se então no direito de ir até a sua casa buscar aquelas que lá deixara, pegar uma mochila maior e, sobretudo, mostrar a sua mãe e a sua irmã que podia perfeitamente viver sem elas.

Anita nem acreditava que ali estava sua filha, sua menina, sua criança! "Ela voltou, meu Deus! Obrigada!" Agradeceu cedo demais. Logo se deu conta de que as coisas não eram como pensava. Lia cumprimentou-a com a mesma frieza com que fora recebida por Jorge naquela manhã.

– Vim só pegar mais umas roupas. Estão me esperando na casa de uma amiga – mentiu. Aliás, mentir, para ela, tornara-se cada vez mais banal.

– Minha filha! Fique aqui na sua casa. Estava tão preocupada.

– Começo amanhã num outro trabalho e preciso das roupas – respondeu Lia, seca. – Não se preocupe comigo, estou muito bem.

Anita queria abraçá-la, cobri-la de carinho. Como sofrera naqueles dias, sem saber por onde ela andava!

Sem chance. Lia esquivou-se de qualquer aproximação. Trocou a mochila por uma maleta maior, pegou quase toda a sua roupa e, sempre de óculos escuros, viu sua mãe à porta do quarto. Anita a olhava com imensa tristeza, à espera de um olhar, uma palavra. Mas Lia parecia ignorá-la.

– Não dá pra gente conversar um pouco, Lia? – perguntou, temendo a sua reação.

– Olha, mãe, é melhor não. Eu não vou mudar e vocês não me aceitam como eu sou. Eu tô bem. É melhor pra todo mundo eu ficar onde estou. Não vou desistir.

O aperto no coração de Anita era tão grande quanto a sua dificuldade de lidar com aquela filha. Se tentasse segurá-la, ela a perderia. Se a deixasse partir, morreria um pouco. Lia parecia-lhe ainda mais sofrida e, por um momento, teve a impressão de que, passados aqueles três longos dias em que a filha estivera fora de casa, alguma coisa que não podia entender se quebrara dentro dela. Lia deixava claro que não pretendia mudar. E ela não podia dizer que aceitaria todos os seus desmandos.

– Me diga pelo menos onde está, filha!

– Tô na casa de uma amiga e não quero ninguém pegando no meu pé. Por enquanto, prefiro ficar em paz! – respondeu assim, como se aquilo que sentia pudesse se chamar "paz".

Ela era uma dessas pessoas que só aprendem se arrebentando. E Anita sabia.

– Não me deixe sem notícias, Lia! E não esqueça que aqui continua sendo a sua casa.

Àquelas palavras, o sangue subiu à cabeça de Lia: "Se fosse a minha casa, não teriam me deixado de lado de fora", pensou. Mas preferiu nada dizer, para não encomprirdar o assunto.

– Eu telefono de vez em quando pra dona Cida, ela te dá o recado. Tchau!

Mais uma vez partiu, sem saber onde a sua estrada ia dar. Pensou em entregar à mãe a carteira de trabalho, mas desistiu. Tiraria outra. O dinheiro que o senhor Carlos lhe devia era tão pouco que não valia o desgaste.

"Minha filha!", chorava Anita, deixada para trás.

Lia seguiu para o encontro marcado com a amiga de Paty. Agarraria aquele emprego com unhas e dentes, pois no momento era sua única saída.

A casa de dois andares era enorme e estranha. Cheirava a incenso. "Será que vou ter de limpar tudo isso?!", assustou-se. Antes fosse! Logo chegava dona Nanette carregando um *poodle* branco no colo. Seu perfume forte atordoou Lia. A mulher e a casa eram muito esquisitas. "Que diabo de lugar é este?!", pensou. Vozes e risos vinham do andar de cima.

Nanette esquadrinhou o rosto e o corpo da menina com o olhar e disse:

— Então?

Era tamanho o embaraço de Lia sob aquele olhar que desejou correr dali. Mas controlou-se. Trabalhar, agora, era uma questão de vida ou morte.

— Paty me disse que a senhora está precisando de arrumadeira, não é?

Nanette acariciava o *poodle* sem tirar os olhos de Lia, que sentia um profundo desconforto interior.

— Bem. Estou sempre precisando de arrumadeiras. O que sabe fazer?

Lia foi sincera, sem depreciar suas qualidades. Afirmou que rapidamente estaria fazendo tudo como ela determinasse, que aprendia depressa as coisas. Nanette quis saber se ela vivia com a família e ela deu uma explicação maluca que, afinal, significava que ela era dona do próprio nariz.

— A sua idade? – quis saber Nanette, bastante impressionada com sua vivacidade e beleza, embora seu rosto e seu espírito estivessem bastante prejudicados naquele dia. Mas ela via longe e sabia que, com pequeno trato, transformaria aquela menina numa bela mulher.

– Dezessete! – mentiu, mais uma vez, pois àquela altura achava que "quinze" era a desgraça de sua vida. Se Nanette pedisse documento, paciência, explicaria. Não precisou.

Depois de rápida entrevista, Nanette mostrou-lhe um quarto no fundo da casa e a mandou instalar-se ali. Não era nenhuma maravilha, mas muito mais do que ela esperava.

Quando Lia voltava do quarto para apanhar sua maleta na sala, viu uma moça extravagante e vulgar descendo as escadas às gargalhadas com um homem de meia-idade que lhe acariciava o corpo. Em seguida entrou outra, pela porta lateral da casa, acompanhada de um homem cujo aspecto a repugnou. Subiram rindo para o andar de cima.

Lia fechou os olhos. Parecia-lhe impossível que tivesse ido parar num lugar como aquele. Embora nunca tivesse conhecido uma casa de prostituição, não foi difícil compreender que estava numa delas.

Voltou ao quarto onde a nova patroa lhe daria instruções.

– Você cuidará das camas. Às vezes, precisará trocar os lençóis várias vezes ao dia. Cuidará também da lavanderia. A máquina lava, você passa. Além disso, servirá bebidas à porta dos quartos, quando pedirem. Ali está o bar. Examine as garrafas para, na pressa, não se enganar. À noite temos grande movimento, posso precisar de você até bem tarde. Eles pedem as bebidas por este interfone. As meninas que trabalham lá em cima avisarão para trocar os lençóis. Compreendeu bem? – proferiu Nanette, de um só fôlego, com rapidez impressionante. E saiu deixando Lia no quarto, organizando na cabeça aquele discurso.

Se tudo aquilo tivesse acontecido até três dias atrás, com certeza sairia correndo de lá. Mas, naquele momento de sua vida, naquele dia em especial, o ódio que sentia de tudo e de todos, sobretudo de si mesma, era imenso. Lembrou-se da noite anterior passada na rua, da frieza cruel de Jorge, de Paty, da sua turma e do Vicente, da noite dormida à porta de casa, da expressão de Amarílis ao dizer-lhe "por uma noite, tudo bem". E não quis se lembrar da tristeza no rosto de sua mãe. Pensou, então: "Será que ainda tenho alguma coisa a temer e a perder?"

Acomodou suas coisas no quarto e Nanette logo voltou para avisá-la de que podia jantar na copa. "E jante bem, porque tem muito trabalho pela frente. Você ganhará um salário, casa e comida. Mais as gorjetas. Se for simpática, poderá ganhar muito dinheiro!"

9

... e seria como um pesadelo do qual se acorda livre porque foi dormindo que se viveu o pior.

Agora, sim, Lia abria a porta do seu inferno. Precisou de poucos dias para suscitar nas "meninas" tremendos ciúmes. Não tardou e os clientes começaram a assediá-la e a questionar Nanette sobre aquela ninfa que, como um anjo, caíra dos céus! Lia esquivava-se, defendia-se dos homens e das "meninas", que a insultavam por nada, passando por ela aos safanões e atirando na lavanderia montes de roupas para lavar e passar, muitas delas sujas, molhadas e amarrotadas de propósito para mantê-la ocupada.

Nanette, que não perdia nada, vigiando incansável todos os movimentos da "empresa", ria e dizia:

– Não ligue. Estão morrendo de medo que você roube delas toda a clientela. E, se você quiser, rouba mesmo! – e ria, ria, ria muito, sempre acariciando o seu *poodle*.

O pior do trabalho, para Lia, era servir as bebidas às portas dos quartos. Embora os clientes estivessem acompanhados de uma das "meninas", às vezes de duas, um ou outro a puxava para dentro. Um sufoco! Um inferno! Escapava, mas, quanto mais resistia, mais loucos eles ficavam e mais a perseguiam. Ela descia então ofegante ao bar e lá se servia de bebida forte para relaxar. Tarde da noite, antes de ir para a cama, precisava beber mais para conseguir dormir.

Se fosse permitida a entrada de outras drogas, Lia certamente as usaria, asfixiada pela terrível pressão.

Nanette fazia como se nada visse, deixava-a beber à vontade. Era seu cavalo de raça; em breve, Lia seria sua mina de ouro. Estava abatida, é verdade, pelo cansaço e pela bebida. Mas a patroa sabia que, com poucas semanas de trato, a faria voltar ao seu esplendor. Assim, afrouxava-lhe a corda. No momento oportuno, puxaria a corda toda de volta, e aquele tesouro estaria na palma de sua mão.

Os primeiros trinta dias foram, para Lia, dias de desespero, espanto e terror, mas aprendia a safar-se dos frequentadores da casa. As "meninas", mais acostumadas à sua presença, sua beleza começando a ser minada pelas poucas horas dormidas, o trabalho estafante e a bebida já a atormentavam menos. E a sua menstruação que não vinha? Atribuiu, a princípio, ao nervosismo e ao cansaço. Mas depois vieram os enjoos e a súbita fraqueza para as bebidas alcoólicas. Meia dose era fatal. Seu estômago rejeitava tudo o que bebia. E não poder beber causava-lhe pânico.

"Não acredito num azar desse tamanho! Uma noite só!" Noite danada: o teste revelava a gravidez. "O que vou fazer agora? Pra que um filho?", desesperou-se. "Se a Nanette souber, me despede! Pra onde eu vou?", pensava, alucinada, desejando morrer. "Morrer?! Talvez seja minha única saída. Se for despedida, eu me mato!"

Na mesma farmácia em que comprara o produto para o teste, agora pedia um medicamento abortivo. Qualquer um. Tanto fazia! O vendedor, a quem só interessava vender, deu-lhe qualquer coisa que para nada servia. Tomaria naquela noite. E tomou. Tremia, daria a vida por uma dose de qualquer bebida que a acalmasse. Tremia. Se voltasse a vomitar, despertaria suspeitas. Não beberia. Ia ao banheiro para ver se o medicamento já fazia efeito. Não ainda. E as roupas para lavar e passar, e o dia que anoitecia, logo mais os clientes começariam a chegar.

Pior do que a tentativa cafajeste de investida do cliente era servir a bebida que não podia beber.

E aquele medicamento, que não resolvia nada! Sua pele engrossava, seus olhos perdiam o brilho.

"Pra que viver, me diz?" Fez as contas: dois meses e meio. Se não se livrasse daquele intruso que se metera em seu ventre, dali a menos de sete meses, mais um infeliz explodiria no mundo. "Pra que pôr mais gente neste mundo, me diz? Não me aguento, o que vou fazer com um filho?"

Mas dentro dela estava o filho. O filho de uma noite assustada, do primeiro amor, do homem que a usara só uma vez, despachando-a em seguida. Agora ela iria procurá-lo. No mínimo ele a ajudaria a pagar o aborto. Juntara um pouco de dinheiro, não gastava com nada, mas o que tinha não pagaria a solução do problema.

Lia folgava às segundas-feiras, único dia da semana em que aquela casa fechava. Até então, não usara sua folga para sair. Não desejava ver ninguém. Assim, aproveitava a folga para dormir. Mas dessa vez a usaria para ir à procura de Jorge, apesar de ter jurado nunca mais procurá-lo.

Durante os dois meses e meio em que ali trabalhara, telefonara algumas vezes à vizinha de sua mãe, deixando o recado de que estava muito bem. Na verdade, temia que saíssem à sua procura e a encontrassem naquele lugar, caso não desse notícias. Telefonara recentemente a Amarílis e perguntara pela turma. Fora informada de que Paty entrara para o grupo e de que estava vivendo com Jorge. Este nunca perguntara por ela, mas o resto da turma sempre lembrava, estranhando o seu desaparecimento. Para falar alguma coisa, Lia dissera que, qualquer dia, quando pudesse, apareceria por lá.

Sofrera muito naquele dia. Apesar de tudo, no fundo guardara, até então, alguma esperança de reencontrar Jorge. Juntava seu dinheiro para esse encontro. Iria produzir-se com tal capricho e beleza que ele não resistiria à sua graça e ao seu encanto. Estaria mudado, seria aquele homem gentil e irresistível, como no começo da desventura. Tudo seria diferente. Essa era a sua mais linda fantasia. Ao descobrir sobre Paty, perdera a esperança. E jurara esquecê-lo para sempre.

Em conversa com Nanette, soube que Paty trabalhara por alguns meses com ela na casa. "Depois conheceu um rapaz, até um pouco mais novo de que ela, e foi viver com ele. Isso às vezes acontece com uma ou outra das minhas 'meninas'. Foi quando ela me mandou você".

Não ficara claro para ela se Paty era uma das prostitutas ou se o seu trabalho fora igual ao dela. Mas não queria saber de mais nada. Fosse como fosse, Jorge seria esquecido.

Agora, no entanto, a questão era outra. Iria pessoalmente. E foi. Sabendo que ele lá estava, o porteiro, que a conhecia, concordou em deixá-la subir sem avisar: "Quero fazer uma surpresa pra ele", dissera.

Paty abriu a porta e, com ar de espanto, quis saber:
– O que está fazendo aqui?!
– Preciso falar com Jorge. Ele está? – perguntou Lia, toda trêmula.

Não precisou chamá-lo, ele já aparecia à porta.

O aspecto de Lia não era dos melhores, o sofrimento e o cansaço estampados em seu rosto. Ao vê-lo, ela empalideceu ainda mais sob a maquilagem que mal disfarçava as olheiras profundas. Era ódio? Era amor? Ou era o medo de mais uma vez ser posta para fora, sem ser ouvida?

– O que quer comigo? – ele perguntou, seco.

Recuperada a voz, Lia falou:
– Preciso falar com você em particular.

Ele a olhou desconfiado e respondeu sem piedade:
– Pode falar aqui mesmo, não tenho segredo com a minha mulher.

Aturdida e confusa, do lado de fora da porta, Lia perguntou se podia entrar. Preferia dizer lá dentro o que tinha a dizer.

Agora do lado de dentro, sem ser convidada a sentar-se, um ódio imenso subiu-lhe a cabeça. Ódio do Jorge, ódio da Paty, da vida, do mundo e dela mesma. Ódio que lhe deu forças para falar.

– Tudo bem! Obrigada, viu, Paty, pelo maravilhoso emprego que me recomendou! – disse, com ironia. Percebeu então que Paty empalidecia, o que lhe dava certeza de que Jorge não sabia nada a respeito dela.

— Então ele não sabe? — perguntou, fazendo Paty estremecer. — Não se preocupe, não foi pra isso que vim aqui.

Por um momento, teve vontade de escancarar o jogo. Mas deixaria para o final, se fosse preciso. Jorge olhava para as duas, sem nada entender, e quis saber do que ela falava. Mas Lia, desinteressada de ouvi-lo, sua raiva por ele crescendo, foi em frente:

— Estou grávida! De dois meses e meio. E, como você foi meu único homem, preciso de dinheiro pra fazer o aborto! — despejou de uma só vez, anestesiada pela raiva que sentia.

Ele a olhava, atônito. Depois da surpresa, não sabia se a atirava pela janela ou se a jogava porta afora.

— Você tá é louca! — gritou, vermelho de raiva. — Cai fora! Cai fora! Vá contar essa história pra outro! Pensa que sou trouxa?! — aproximou-se dela, querendo empurrá-la. Paty, que assistia à cena com verdadeiro pavor, pois aquela menina podia arruinar sua vida, começou a choramingar. Viraria aquele jogo já, antes que fosse tarde demais. Bastava pôr um pouco de lenha naquela fogueira.

— Essa menina é uma ordinária, Jorge! Uma prostituta! Esteve aqui um dia desses, quando você não estava, querendo me chantagear! Não te contei pra não te aborrecer.

Lia ficou tensa de horror, quis defender-se, mas Jorge estalou forte bofetada em seu rosto, atordoando-a e deixando-a sem fala. Com grosseria selvagem empurrou-a para fora, batendo a porta com força.

Sentada no chão, Lia fez o que podia fazer: chorou. Como pretendera competir com Paty em safadeza e maldade?

Agora sim tudo estava perdido. Paty com certeza contaria a Nanette sobre sua gravidez.

E foi o que fez alguns dias depois, acrescentando que Lia tinha só quinze anos e que fugira havia mais de dois meses da casa de sua família. Nanette, com horror de ver sua casa invadida pela polícia, e que apenas esperava Lia completar dezoito anos para iniciá-la na prostituição, viu seu sonho dourado desfazer-se.

Começava então para Lia o calvário maior. Na rua. Grávida. Nem pensava em procurar, naquele estado, sua mãe e sua irmã. Abandonava-se, assim, a si mesma. Agora realmente nada mais tinha a perder, a não ser o filho que crescia dentro dela, aumentando-lhe o desespero e a fome.

Seu dinheiro terminado, trabalhou por pouco mais de um mês num bar. Certa madrugada, apanhada pelo patrão bebendo uísque no gargalo, foi posta na rua. Novamente o pouco dinheiro que tinha acabou. Perambulou, pedindo restos de comida nos bares, nos restaurantes, nas portas das casas. Juntou-se aos que viviam sob as pontes e dormiam onde estivessem ao anoitecer. Eram tantos! Como tribos sem pátria, de seres apenas vivos, cada dia era um dia a menos de vida degradante.

A barriga crescia, as roupas fediam e não lhe serviam mais. Outra mendiga lhe ofereceu um vestido largo, horrível, que ela vestiu. Para aliviar a fome, às vezes cheirava cola e dormia em qualquer canto. Sem saber que força misteriosa a detinha, talvez por que, apesar de tudo, pensasse no filho, resistiu ao *crack* que lhe era oferecido muitas vezes ao dia.

Não havia mais para onde descer: chegara ao lugar mais fundo do poço.

10

Eu pertenci aos meus passos,
um a um,
na medida em que estes avançavam
e constituíam um caminho
e constituíam o mundo.
Foi um longo caminho.

Anita e Lena buscavam Lia por toda parte, pois havia mais de dois meses que não tinham notícias suas. Hospitais, necrotérios, delegacias. Lia desaparecera como nuvem. Enquanto receberam os recados de dona Cida, Lia dizendo estar bem, estar trabalhando em casa de família, muito bem tratada e feliz, a mãe e a irmã sofriam, mas esperavam que a qualquer momento ela repensasse a vida e voltasse para casa. Sonhavam com esse dia e juravam que então nada lhe cobrariam. Agora, o desespero tomava conta da casa. O medo e o remorso as corroíam. Lena pensava se não fora dura demais pressionando tanto sua mãe a tomar uma atitude. Seria tarde demais? Anita morria a cada dia.

Entre os esquecidos pelo resto do mundo, como dejetos humanos, mendigando para sobreviver a cada dia, Lia agarrou-se a Joana, mulher de meia-idade que também tivera filhos, hoje dispersos por vários lugares, alguns até bem de vida. Sentia tanto medo da hora de o bebê nascer! Onde nasceria? Que espécie de assistência teria, vivendo assim na rua como se não fosse ninguém?

Um dia contou trechos de sua vida a Joana, que teve vontade de lhe bater. O tempo todo lhe dizia que procurasse sua mãe, se não por ela, pelo filho que ia nascer. E nasceria, quisesse ela ou não. Mas Lia, já bastante enfraquecida, não tinha coragem nem forças para dar um passo.

"De que jeito vai nascer esse menino?!" perguntava-lhe Joana. Lia chorava, temendo estar gerando um monstro. Ouvira falar de fetos que nasciam com defeitos hediondos, vítimas de pais que usavam drogas. Ela bebera muito, fumara cigarro e maconha, cheirara cola. Jorge também se drogava. O que sairia de dentro dela? Sete meses de gravidez, não havia mais como abortá-lo, a menos que...

E foi Joana que evitou a tragédia. Lia preparava-se para saltar do viaduto sob o qual elas dormiam. Joana quase se matou para salvá-la. Lia, em estado de choque, internada às pressas num hospital público, chamava pela mãe sem parar. Agarrava as mãos de Joana, pensando ser Anita, chorava e pedia perdão.

Joana então decidiu tentar descobrir "essa mãe *qui* sem *percisão dexô* a *fia quebrá* a cara no mundo!" Voltou ao viaduto e, dentro do saco plástico com as poucas coisas que haviam restado de Lia, encontrou uma carteira de trabalho e, dentro dela, um papel com um número de telefone. Era de dona Cida.

Anita avisou Lena no trabalho e as duas chegaram quase juntas ao hospital. Lia dormia na enfermaria, mãe e irmã choravam ao lado do leito. Nem parecia mais a mesma menina que havia sete meses deixara sua casa. Pouco depois, chegava Joana. Antes de falar, o olhar de acusação feriu Anita e Lena como lança fina atravessando-lhes o peito. Joana não podia entender como aquelas duas mulheres haviam deixado um dia aquela criança partir. Depois de ouvi-las, já fora do quarto, ambas contando a Joana como Lia as deixara meses atrás, cheias de culpa como se precisassem se defender, se explicar, Joana disse:

— Um dia eu *vô entendê* tudo *qui* tão *falano*. A menina *quasi qui si matô*... ia se *atirá* do viaduto onde *nóis mora* embaixo.

O médico que esperavam acabava de chegar. Posto rapidamente a par do que acontecera com Lia, parte da história contada por Anita, que não parava de chorar, e parte contada por Joana, que, por mais que se esforçasse, não conseguia sentir pena daquela mãe "dos *inferno*!", as notícias dadas por ele eram péssimas. Aquela menina podia perder a criança. E ela mesma, fraca demais, corria o risco de morrer. Receberia sangue e soro e, se conseguisse superar o momento crítico, teria de ficar em repouso e seguir tratamento rigoroso em sua casa. Seguir com atenção a gravidez, sobretudo. Isso se não perdesse o bebê.

Anita e Lena, ambas chorando, apenas balançavam a cabeça dizendo que sim.

Lia, um pouco mais tarde, abriu os olhos ainda embaçados e, distinguindo só o rosto da mãe, sem se dar conta de onde estava e, por instantes esquecida de tudo, disse apenas:

— Mãe! Que pesadelo horrível! — e voltou a dormir.

A solidez de Lia, apesar dos excessos, a sua juventude, apesar de infeliz, e, talvez, um anjo sentindo-se já exausto e precisando dividir com outras pessoas sua árdua tarefa, ergueram-na com barriga e tudo daquele leito de hospital. Lena levantou dinheiro na empresa onde trabalhava e passou Lia para um quarto particular, onde ficou mais um dia entre a vida e a morte, acompanhada dia e noite pela mãe. Lena e Joana vinham vê-la todos os dias. Poucos dias depois, já chorava abraçada à mãe e à irmã, as três se pedindo perdão. A Joana, ela agradecia sorrindo por tê-la trazido, com sua sabedoria simples aprendida na roça e na rua, de volta à vida.

Jamais Lia voltaria a morar sob um teto deixando Joana sob a ponte.

– Por favor, me deixem levar a Joana comigo! – pediu com sincera humildade à mãe e à irmã.

As duas, sentindo-se em dívida tanto com Lia como com aquela incrível mulher que se afeiçoara à menina como se ela fosse todos os seus filhos espalhados por aí, concordaram sem qualquer resistência.

Aliás, nunca se arrependeram do gesto, pois Joana passou a ser o braço direito de Anita. Ajudava-a na cozinha, na casa e fazia entregas das encomendas, que cresciam, cresciam, e que agora conseguiam atender.

– Odeio quem diz que os que vivem na rua são vagabundos! – dizia Lia à irmã, com quem agora queria entender-se e com quem tinha muito a aprender. E a quem tinha muito a ensinar. – Nunca mais vou passar por um deles como se não existissem! A não ser eu, na minha loucura, ninguém mais vive na rua porque quer. É um sofrimento sem tamanho nunca saber se amanhecerá vivo e se sobreviverá no dia seguinte – completava.

Apesar de tudo estar se encaixando, de Anita e Lena terem aceitado a gravidez de Lia sem questionar, de nada lhe perguntarem, deixando que ela só falasse do que quisesse falar, o tormento de Lia agora era o pavor de que o filho, ao nascer – o que aconteceria em breve –, chegasse deficiente neste mundo tão carente de compreensão.

E o filho nasceu. Vinte dias antes da data prevista, meio asfixiado, levado direto para a incubadora. Lia, ainda atordoada depois da cesariana, foi encaminhada à UTI.

– Meu bebê é perfeito, doutor? Meu bebê é perfeito? – perguntava com desespero ao médico.

Ele, que acompanhara seus dois últimos meses de gravidez com apreensão, pois conhecia sua história, sorriu-lhe:

– Que sorte incrível você teve! Um menino...

– Mateus! – disse ela.

– Mateus! – continuou o médico. – Está abaixo do peso, não poderá vê-lo agora. Está no oxigênio.

– Por quê?! – quis ela saber, inquieta.

– Nasceu alguns dias antes. Acudimos na hora! Ele está bem, fique tranquila. Ele tem só um probleminha no pezinho direito.

– Que problema, doutor? – interrompeu ela mais uma vez, assustada.

– Já disse que pode ficar tranquila. Vai ser fácil corrigir com uma cirurgia, até antes de sair do hospital. Ele ficará aqui até serem feitos os testes para prevenção de doenças e até chegar ao peso ideal. – segurou a mão de Lia e continuou: – Agradeça à vida todos os dias, seu filho está bem. E você também. É uma menina forte e corajosa. Amanhã você irá para o quarto, desde que se comporte bem. O pediatra, doutor César, virá falar com você mais tarde.

– Quando posso ver meu filho? – ela quis saber, emocionada.

– O doutor César informará tudo a você, está bem?

No dia seguinte, Lia soube que o bebê nascera com o pé direito virado para dentro e três dedinhos grudados, mas que a cirurgia corrigiria isso e que o pezinho ficaria perfeito.

Para quem temia tanto que o bebê pudesse nascer com um problema sério, irremediável, aquela má-formação era quase insignificante. Poderia acontecer a qualquer mulher, por razões diferentes das dela, ter um filho com algum problema.

Seguiria as instruções médicas com rigor e doutor César acompanharia de perto e atentamente o desenvolvimento de Mateus.

Era como se Lia tivesse renascido com o filho. E recomeçasse a crescer. Seus olhos, sua pele e sua alma recuperavam o viço. Recuperava a beleza que quase perdera, agora bem mais amadurecida pelos golpes que a vida lhe dera.

Mateus crescia feliz entre as duas avós, Anita e Joana, que transbordavam de amor por aquele menino. E a tia Lena era apaixonada pelo sobrinho. Lia revelava-se mãe cuidadosa, voltara aos estudos e começara a trabalhar como recepcionista numa grande empresa. Sua vida e sua sorte mudavam. Já não temia fracassos, convencida de que sempre os superaria.

Aos dezenove anos, concluiu o Ensino Médio. Trabalhando e estudando, não perdia um momento de folga que pudesse dedicar a Mateus. Lena casara-se com um colega de trabalho. E ela, Lia, subia emocionada, orgulhosa, as escadas do anfiteatro da faculdade, onde acabava de ser admitida. Iria cursar Turismo.

Uma vez por mês, rigorosamente, doutor César examinava Mateus. Agora o menino, com quatro anos e perfeito, recebia alta. Uma visita anual, a menos que houvesse algum problema, seria suficiente para não perder seu desenvolvimento de vista. Que, na realidade, jamais perderia, pois ele dera alta a Mateus, mas não à mãe de Mateus.

Quando Lia conheceu César, ele era residente do hospital onde Mateus nascera. Oito anos mais velho do que ela, agora com vinte e sete anos e Lia com dezenove, começaram a namorar.

A princípio temerosa, "escaldada" pela relação desastrosa com o primeiro amor, era sempre surpreendida pelo jeito carinhoso e apaixonado daquele médico bom e capaz, que lhe adivinhava os pensamentos. A cada dia, amava-o mais. Descobria que o amor era muito mais do que uma simples atração física.

Para alegria de Mateus, Anita, Joana e Lena, dois anos mais tarde Lia e César se casaram.

Lia continuou a fazer faculdade. E formou-se no ano seguinte. Chegara a duvidar de que pudesse existir uma relação como aquela entre um homem e uma mulher: tranquila, sem sofrimento, sem traição, sem motivos para mágoas. Ambos sabiam que uma vez ou outra poderiam ter um problema qualquer, mas se amavam e o superariam. César e Mateus tornaram-se amigos inseparáveis, e o médico adorava aquele filho que só lhes dava alegrias.

11

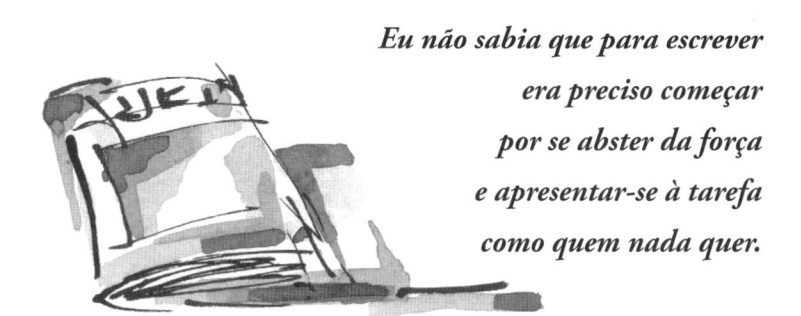

> *Eu não sabia que para escrever*
> *era preciso começar*
> *por se abster da força*
> *e apresentar-se à tarefa*
> *como quem nada quer.*

V olto a escrever na primeira pessoa, como no início de minha história. Às vezes fui onipresente, transcrevendo pensamentos que não eram meus. Alguns, por dedução. Outros, porque um dia vim a saber.

Não posso dizer que reviver nestas páginas o período mais difícil de minha vida tenha sido fácil. Muitas vezes, precisei parar de escrever para chorar. E só prosseguir mais tarde, quando percebia que aquela ferida, que ainda sangrava, estava limpa e curada.

Omiti alguns detalhes, por vezes até mais cruéis do que os por mim aqui narrados. Nem sempre a realidade vivida consegue parecer verdadeira quando reduzida a palavras. Mas nem por isso deixei de limpá-los dentro de mim. Uma lembrança puxava outra como um novelo que ia sendo desfeito, a lã amontoando-se no chão. Depois, eu ainda voltava ao monte de lã e esmiuçava os fios, jogando em seguida tudo no lixo.

Creio que nem meu pai, com o seu rigor, nem minha mãe, com a sua fraqueza diante de minha rebeldia, podem ser culpados pelo que passei. Nem eu mesma.

Na época, a minha cegueira era tamanha que ninguém me deteria. Eu mergulhava de cabeça num poço profundo, surda a todo e qualquer apelo. Iludida pelo prazer momentâneo que o álcool, o fumo e, felizmente por pouco tempo, a cola produziam em mim. Iludida pelo vazio da turma que frequentei, que me passava a ideia de que viver e ser livre era aquilo. Na verdade, tudo era só uma escravização recíproca, cada um tentando puxar o companheiro mais para baixo: "Larga de ser careta, meu! Você é muito quadrado, tá sabendo? Qual é, meu, é só a mamãe e o papai que te governam? Reage, meu, ou a vida acaba e você não aproveitou nada!" Esses eram os chavões mais usuais e duvido que, oito anos passados, eles tenham mudado grande coisa.

Sinto imensa pena quando me lembro daquela turma, e às vezes me pergunto quantos, dentre eles, terão se salvado. Eu precisei ver, sofrer, sentir, perder, apanhar, fugir e chegar aonde cheguei: quase à morte, para enxergar e compreender. Nem todos, infelizmente, têm e terão a sorte que eu tive.

Minha querida Joana vive hoje aqui em casa e cuida do Mateus. Minha mãe atualmente apenas supervisiona os funcionários do seu bufê. E Lena continua sendo uma irmã e uma tia muito amorosa. Espera o seu primeiro filho.

César, Mateus e eu somos o trio da alegria, que logo mais será enriquecido pelo bebê muito amado que em breve irá nascer.

Eu? Eu fiz de tudo para não ser nada. E quase consegui. Mas hoje sei que acima de nós, ou talvez no nosso interior, existe uma força maior, capaz de nos deixar ir até o fim da linha e conhecer o inferno. Mas depois, se realmente quisermos voltar, essa força nos ajuda a reconstruir a estrada de volta. Eu amo a vida e todos os que me cercam.